Crónicas de un amor hechizado

Jassir Y. Heredia Blanco

Crónicas de un amor hechizado

EDITORIAL
Letra Minúscula

Ilustraciones de Amanda López Carranza y Patricia Lizcano
Diseño de portada: Pedro Fajardo - @p_magenta
Fotografía: Juan Abreu - @byjuano
Producción fotográfica: Alejandro Gutiérrez Tremola - @AleTremola

 JASSIR HEREDIA

www.jassirheredia.com
Instagram: @jassir_heredia

Primera edición: octubre de 2020
ISBN: 978-84-18149-71-9
Copyright © 2020 Jassir Y. Heredia Blanco
Editado por Editorial Letra Minúscula
www.letraminuscula.com
contacto@letraminuscula.com

A mi madre, por enseñarme el método.
A mi padre, por enseñarme el fino arte de contar historias.

El problema es que crees que tienes tiempo.
Siddartha Gautama

Índice

CAPÍTULO I

Indudable: Que no se puede poner en duda.............13

CAPÍTULO II

Inevitable: Que no puede ser evitado......................31

CAPÍTULO III

Incurable: Que no tiene cura...................................91

CAPÍTULO IV

Inapropiado: Que no resulta apropiado.................139

CAPÍTULO V

Infinito: Que no tiene ni puede tener fin................167

MI DIARIO..179

CAPÍTULO I

Indudable
Que no se puede poner en duda

He sido hechizado, por inverosímil que esto les parezca.

Sé, además, que el hechizo es de amor, es evidente. Para llegar a esta conclusión, utilicé el método cartesiano: *Pienso, luego existo; pienso, por lo tanto, soy.* Yo he dudado y, como he dudado, he pensado; entonces, yo existo, de eso no cabe duda. Pero esta existencia mía ha sido imperfecta y, si pienso que ha sido así es porque reconozco que hay existencias que son perfectas. Como no es mi caso, tiene que haber algo superior a mí que haya hecho que mi posible existencia perfecta se haya vuelto imperfecta. Por ende, aquí queda demostrado el hechizo, porque solo un hechizo pudo haber imperfeccionado aquello que estaba destinado a existir en la perfección, ¿me entienden? Además, he revisado infinitas hipótesis, algunas de las cuales narraré en esta historia. Ninguna de ellas me ha dado respuestas satisfactorias; por eso doy por cierta esta verdad, una verdad que me atormenta. Ustedes estarán de acuerdo conmigo en que, a veces, la ignorancia es la única bendición que tenemos. Seguramente, ustedes también han llegado a conclusiones que han sido devastadoras, o se han enterado de cosas que era mejor no saberlas. ¿Cuál será el mérito de saber cosas si después somos perseguidos día y noche por esas cosas que sabemos? ¿De qué nos sirve la verdad? Honestamente, no creo que haya nada de liberador en conocer la verdad; al contrario, puede hacerte difícil la existencia, privarte de disfrutar de tus necesidades básicas, como dormir, por ejemplo. Lo peor es que no me puedo quejar, porque yo busqué saber, y el que busca encuentra.

Les narraré mi historia para que ustedes arrojen sus propias conclusiones y, además, para que me ayuden. Entiendo que también tienen derecho a dudar, pero, al hacerlo, les pido que no utilicen la duda escéptica, que hace imposible llegar a la verdad. En cambio, utilicen la duda metódica, aquella que nos permite conseguir lo que andamos buscando. Llegado el momento, les diré cómo me podrán ayudar, porque todavía no lo tengo claro. Como siempre me pasa, empiezo algo y luego no tengo la menor idea de cómo se irá a desarrollar ese algo que empecé. Lo que sí sé es que, en lugar de usar el nombre verdadero, usaré un nombre encriptado: Héctor.

HE - Hechizo

CT – Contra

OR – Amor

Si ustedes son lectores perspicaces, como supongo que son, ya habrán descubierto mis intenciones, ya saben lo que me motiva a escribirles. Sí, necesito una contra que rompa el hechizo de amor que me persigue desde antes de mi nacimiento, es la única manera de que pueda asegurar mi existencia porque, como decía mi abuela, una vida sin amor no merece ser vivida.

La que sigue es mi historia.

Mi abuelo nació en Palestina, aquella región de Oriente Medio considerada sagrada por muchos, y que ha sido epicentro de innumerables conflictos. Palestina, el eterno amor de mi abuelo y de tantos otros, que le mostró desde muy temprana edad el significado de la desolación. ¿Qué hace que un niño de diez años abandone su país y deje atrás a su familia? Es una historia compleja, que te hace pensar en el efecto mariposa, aquella teoría según la cual el batir de sus alas puede provocar un huracán al otro lado del mundo porque, al final, todo está regido por sistemas caóticos interconectados. El aleteo de esa mariposa fue así.

Hubo un asesinato. Lo sé porque mi abuelo me lo contó, y ahora ustedes lo sabrán (si es que ya no lo saben). Se los narraré exactamente como recuerdo haberlo escuchado, y ya por eso deberían dudar de la historia.

El 28 de junio de 1914, el archiduque Francisco Fernando de Austria se encontraba en Bosnia junto con su esposa y tenían planificada una visita a la ciudad de Sarajevo. Lo más importante es que iban juntos en el mismo auto. Les dispararon.

Primero a él, en la yugular, y luego a ella, en el estómago. Este asesinato dio lugar al enfrentamiento entre Austria y Serbia, que a su vez desencadenaría uno de los conflictos bélicos más mortíferos de la historia de la humanidad, en el que aproximadamente 23 millones de personas perdieron la vida: la Primera Guerra Mundial. Terminada la guerra, Oriente Medio quedó dividido en dos, una parte controlada por Francia, y la otra, por el Imperio Británico. En la segunda, estaba mi abuelo, un niño de ocho años que no había ido nunca a la escuela y que no tenía qué comer. En 1920 se fue. Caminó lejos, y nunca más volvió. Cinco años después, llegó a Venezuela.

No me puedo imaginar lo diferentes que serían Palestina y Venezuela, especialmente en esa década del veinte. Para entonces, Venezuela estaba bajo la dictadura del general Juan Vicente Gómez, y a mi abuelo eso le pareció fascinante: la dictadura en un país caribeño. Juan Vicente Gómez gobernó Venezuela desde 1908 hasta el día de su muerte, en 1935. El Benemérito, como era conocido, nació en el seno de una familia de hacendados del Táchira, y los expertos señalan que así, como si fuera una hacienda, gobernó Venezuela. Se dice que no le tuvo cariño a Caracas y que por eso hizo desplazar la capital política a Maracay, la ciudad jardín. Al desembarcar, mi abuelo preguntó dónde estaba el General, y no lo dudó un segundo, se fue a buscarlo a los Valles de Aragua, se asentó en un pueblo en las afueras de Maracay, y allí se quedó hasta el día de su muerte. Ese día, el 30 de marzo de 1925, a la hora en que mi abuelo estaba poniendo su pie derecho en suelo venezolano, estaba naciendo mi abuela.

Tuvieron que pasar dieciocho años para que se conocieran. Él tenía 33 (la edad de Cristo), un negocio próspero, tres hijas y era viudo. Ella tenía 18, no tenía hijos y era cocinera. Se enamoraron. Mi abuelo, de la comida de ella; mi abuela, de las hijas de él. Juntos tuvieron otros cuatro, mi padre era el mayor de todos y, al igual que yo, el único varón. Eran tantos que mi padre a los diez años decidió irse a vivir con su abuela y, sin que hubiese oposición de sus padres, así lo hizo. Volvía a la casa paterna los fines de semana porque tenía que trabajar en una de las heladerías de la familia. Sí, un palestino haciendo helados. Así de contradictorio fue mi abuelo. Para entonces, sus heladerías eran famosas y la gente hacía largas colas para comprar. El secreto de su éxito, no lo sé.

El primer indicio del hechizo del que soy consciente sucedió muchos años atrás, cuando estaba por graduarme de bachiller. En ese entonces, mis compañeros de promoción quisieron celebrar yéndose de vacaciones en un crucero. La idea la trajo una familia proveniente de las Islas Canarias. Acostumbrados a navegar los mares, sabían sobre cruceros que recorrían las islas del Caribe y que, según ellos, tenían promociones especiales para quinceañeras y graduandos. La idea me parecía estupenda, pero no así a mi abuelo, quien, sin razón aparente, se opuso a ese viaje. En ese momento me pareció que había inventado una historia y no le presté mucha atención a sus palabras, pero ahora creo que ese hecho fue transcendental.

—Entiende que tú no puedes subirte a un barco —me dijo, mientras lanzaba contra la pared un jarrón que había en la mesa del comedor.

—Qué absurdo —le contesté—. Todo el mundo puede subirse a un barco.

—Todo el mundo, excepto tú.

—¿Quién lo dice? —pregunté, retándolo.

—Lo digo yo, que soy tu abuelo y llegué a este país en un barco maldito.

—¡Eso no existe! ¡No existen los barcos malditos! —grité.

—Sí existen —dijo, mientras golpeaba la mesa del comedor con el puño derecho—. Yo estuve en uno, y con eso es suficiente. No vas y punto.

Y no fui.

Ahora que lo pienso, a mí nunca me ha gustado la violencia, no entiendo por qué mi abuelo lanzó aquel jarrón contra la pared. No era necesario. ¿Qué culpa puede tener un jarrón? Además, era bonito, hecho a mano, probablemente por una mujer, una mujer artista que, en su taller y utilizando técnicas desconocidas por mí, se había dedicado a darle forma y color a aquel pedazo de barro. Mi abuelo, sin ningún tipo de misericordia, lo había lanzado contra la pared aquella mañana que me prohibió irme en el crucero, y había matado el arte de aquella mujer al mismo tiempo que mataba mis ilusiones.

Hay cierta magia que envuelve a las mujeres. Es el efecto de la energía femenina, esa energía que todo lo traduce en belleza, usando la ley del mínimo esfuerzo. Lo sé por experiencia. Yo, queridos lectores y lectoras, crecí entre mujeres. No tengo tíos por parte de padre ni de madre, tampoco tengo hermanos, pero sí muchas tías y, también, hermanas. Soy el mayor y, después de mi padre, el hombre de la casa; pero no tengo magia, no todo lo que toco se traduce en belleza y, si llega a suceder, es porque me he esforzado mucho. A esa magia no siempre la entendí, y lo que no entiendes, o lo rechazas o te produce curiosidad. A mí me sucedió lo segundo. Miraba lo que ellas hacían y cómo lo hacían; cómo se peinaban, cómo se vestían, cómo cocinaban, cómo ponían la mesa, y en todo eso había magia…

y también belleza. Como estamos hablando con honestidad, es importante que les diga un secreto: yo quería ser como mis hermanas porque me gustaba cómo se vestían y también porque a ellas se les dedicaba más tiempo y, para mí, eso se traducía en una sola cosa, más amor y, por supuesto, eso me provocaba cierta envidia. A su vez, mis hermanas me veían como a un héroe o quizás un protector, una extensión de mi padre, pero no había magia en mí, eso estaba reservado para ellas.

Cuando aún era muy niño, me quedaba tranquilito en las noches, arropado en silencio, esperando al príncipe que vendría a rescatar a una de mis hermanas y a llevársela lejos en su caballo. Yo quería ver al príncipe y lo que hacía porque, según ellas, algún día me tocaría hacer lo mismo que él: rescatar a una doncella en aprietos. Era muy desconcertante, ni yo era príncipe ni mis hermanas, doncellas en aprietos. Entonces, entendía que algún día yo iba a serlo y que a ellas les pasaba algo que las ponía en aprietos y que yo desconocía. Pasaba el día observándolas, tratando de averiguar cuál era el problema que tenían, qué era aquello tan grave que haría que un príncipe desconocido viniera a casa a resolverlo. ¿Por qué no le contaban a papá, si él era capaz de solucionarlo todo? Además, ¿por qué ellas mismas no podían solucionarlo?

Mi padre estaba con nosotros en general, pero nunca conmigo en particular. Él tenía a las niñas. Siempre alababa lo bellas que eran, lo bien que vestían, lo educadas que eran, lo bien portadas... y como quería que se me alabara también, las imitaba. ¿El resultado? Un desastre. «Los hombres no pueden perder tanto tiempo vistiéndose», decía, mientras miraba el reloj y movía la punta del pie derecho. Yo tardaba en vestirme, me gustaba escoger la ropa, combinar los colores, las telas, todo lo que hacían mis hermanas y que en ellas era normal, pero que en mí era un escándalo.

Un día estábamos jugando en el cuarto de mi hermana Sully. Ellas reían mientras se ponían los collares y los tacones de mamá; era muy divertido todo y la estábamos pasando escandalosamente bien hasta que se me ocurrió hacer lo mismo. Me castigaron una semana. «Si siguen dejándolo hacer lo que se le venga en gana, terminará muy mal», vaticinaba mi abuelo. Quizás eso fue un presagio de él, porque de todas maneras terminé mal. Mi padre, al igual que su padre, tuvo su primer hijo muy joven, yo. Y, al igual que su padre, también se dedicó al negocio de los helados. Mi madre, al igual que su madre, se dedicó a su esposo; a cambio, mi padre le ofreció una vida digna, lo que sea que fuese dignidad para él.

No hay familia en Venezuela que no haga las tareas cotidianas y, en especial, las domingueras, como cocinar y limpiar, sin escuchar música a todo volumen, y mi familia no era la excepción. A las mujeres de la casa les encantaba la Billo's Caracas Boys, la orquesta más famosa de Venezuela en esa época. Ellas aprovechaban los domingos, cuando mi padre salía con mi abuelo a tomar café en la plaza, para escuchar la Billo's a todo volumen, y cantaban como si no hubiese un mañana. No se imaginan cómo les quedaba esa comida.

Sigan Bailando

Sigan bailando

bolero o disco, o cumbia o salsa

merengue o rock and roll,

son ritmos que todos bailan.

Escribo esta canción que sale del corazón

porque los países son hermanos.

El merengue, que es de aquí; la samba de Brasil,

y el flamenco, que viene de España,

es música pa' cantar, es música pa' bailar.

Y no pares de bailar, vamos a seguir.

Sigan bailando (sigan bailando),

sigan bailando (sigan bailando),

Sigan bailando...

¡Que sigan bailando! (¡Que sigan bailando!).

A las 12 en punto apagaban el tocadiscos porque a la media hora mi padre llegaba con mi abuelo para el almuerzo. Yo siempre les decía que todavía teníamos media hora, y mi madre respondía solemnemente que era mejor anticiparse a los acontecimientos. A las 12:29, tanto mi madre como mis tías y mis hermanas ya habían cantado, bailado, cocinado, ya habían puesto la mesa, ya se habían vestido y peinado y todo, absolutamente todo, lucía en perfecto orden y en perfecto silencio. A las 12:30 se escuchaba el crujir del portón. Cuando ellos entraban y veían aquella perfección y sentían aquel olor de comida recién hecha, me miraban y me felicitaban a mí, el único ser inútil que había en aquella casa.

A pesar de ser exitoso en el negocio de los helados, mi abuelo tenía un sueño oculto: ser abogado. Ese mismo sueño se lo transmitió a mi padre, y mi padre a mí. Según lo que esuché años después de su muerte, antes de llegar a Venezuela, mi abuelo había estado en Inglaterra y, luego, dos años en Italia. Allí, con solamente trece años, había trabajado para un abogado, quien le había regalado, a su partida, varios libros de Derecho Romano. Aquellos libros habían sido sus únicos amigos por muchos años y lo acompañaron en su viaje en barco al cruzar el océano para llegar a América. Así surgió su amor por el Derecho que, según decía, era la creación más perfecta del hombre, por encima de la música, inclusive. Tampoco mi padre cumplió su sueño de ser abogado. Lo cumplí yo por ellos. Apenas me hice bachiller, entré a la Escuela de Leyes de la única universidad que tenía cerca de casa. Era perfecto porque estudiaba a la mañana y a la tarde trabajaba en una de las heladerías de mi abuelo. Eso no duró mucho: al tercer año de carrera, mi abuelo consideró que lo mejor era que me retirara de la heladería. «O eres heladero o eres abogado», dijo.

En los libros de Derecho se leen cosas muy interesantes, pero el Derecho Constitucional es la tapa del frasco, la cereza del pastel, el broche de oro. Allí entendí la importancia de la jerarquía, me hizo valorar más a mi abuelo y comprender que algún día yo iba a ser, como él lo era ahora, la Constitución, esa norma suprema de la cual se derivan todas las demás.

Hans Kelsen fue un filósofo y jurista austríaco, autor de la célebre obra *Teoría pura del Derecho*, una teoría que, según el autor, está depurada de toda ideología política y de todo elemento de las ciencias de la naturaleza, con un objeto regido por leyes que le son propias. En dicha teoría se establece que el Derecho tiene la particularidad de que él mismo regula su propia creación y que el orden jurídico tiene una estructura jerárquica, por lo que la unidad de ese orden reside en el hecho de que la creación de una norma está determinada por otra, cuya creación, a la vez, ha sido determinada por una tercera, y así llegamos a la primera, la norma fundamental, de la cual depende la validez del orden jurídico en su conjunto. Esto me pareció asimilable a mi familia.

Cuando empecé a leer a Kelsen, se abrió ante mí un concepto diferente de la vida. Comencé a entender cosas, me di cuenta de que yo era una resolución, pero que poco a poco iría escalando hasta ser la Carta Magna, la Constitución. A ver, tengo el deber de explicarme mejor. Antes de Kelsen estuvo Montesquieu, y antes de Montesquieu estuvo John Locke. Para Locke, el Poder Legislativo estaba por encima de todos los poderes, era un superpoder, pero luego vino Montesquieu y los equiparaba, decía que cada uno de ellos tenía sus funciones establecidas y servía como vigilante y garante del otro, de tal manera que ningún poder podía cometer abusos porque siempre lo iba a estar acechando su hermano poder. Eso me tuvo confundido por mucho tiempo, pero después lo vi claro. Mi padre, evidentemente, era el Poder Ejecutivo. Él ejecutaba, ponía en práctica y, a la vez, era Poder Legislativo, porque era quien dictaminaba lo que se hacía y lo que no; y mi abuelo, sin lugar a dudas, era el Poder Judicial, quien lo juzgaba absolutamente todo. En mi casa no había separación de poderes.

Y así empecé a ver al mundo y a las personas. Los etiquetaba como resoluciones, decretos, leyes u ordenanzas. Ahora entiendo que veía al mundo verticalmente y que, en esa verticalidad, yo me había ganado el derecho de estar arriba por ser del género masculino, porque de eso no había dudas: algún día yo iba a ser la Constitución. Entonces se me ocurrió: ¡la concentración de poderes! ¿Por qué no mejor, en vez de estar perdiendo el tiempo siendo ordenanza o reglamento, sencillamente no era un poder? Pero no un poder cualquiera, yo quería ser el superpoder, aquel en donde se concentrara la capacidad de legislar, de ejecutar y de juzgar. Héctor, el Monarca… o Héctor, el Dictador. Monarca, mejor… y mi reino sería la casa.

—¡Oíd lo que tengo que decir, plebeyas! —exclamé, en tono ceremonial.

—¿Y tú, más o menos qué? —me replicó Sully, mirándome de frente y moviendo sus manos—. Papá va a llegar y la comida no está lista, ponte a picar cebollas.

¡Qué insolencia! Mi reinado duró poco y, por primera vez, hice una tarea de la cocina. Picar cebollas me pareció más divertido que ser un rey. Se necesita mucha precisión, mucha paciencia, mucho estilo, y lo mejor es que podía llorar (cosa que tenía prohibida) y nadie se alarmaba. En mi casa se comía bistec encebollado, arroz blanco y ensalada de tomate y cebollas todos los días, excepto los domingos, que era el día que se escuchaba a la Billo's Caracas Boys. Aún recuerdo la receta.

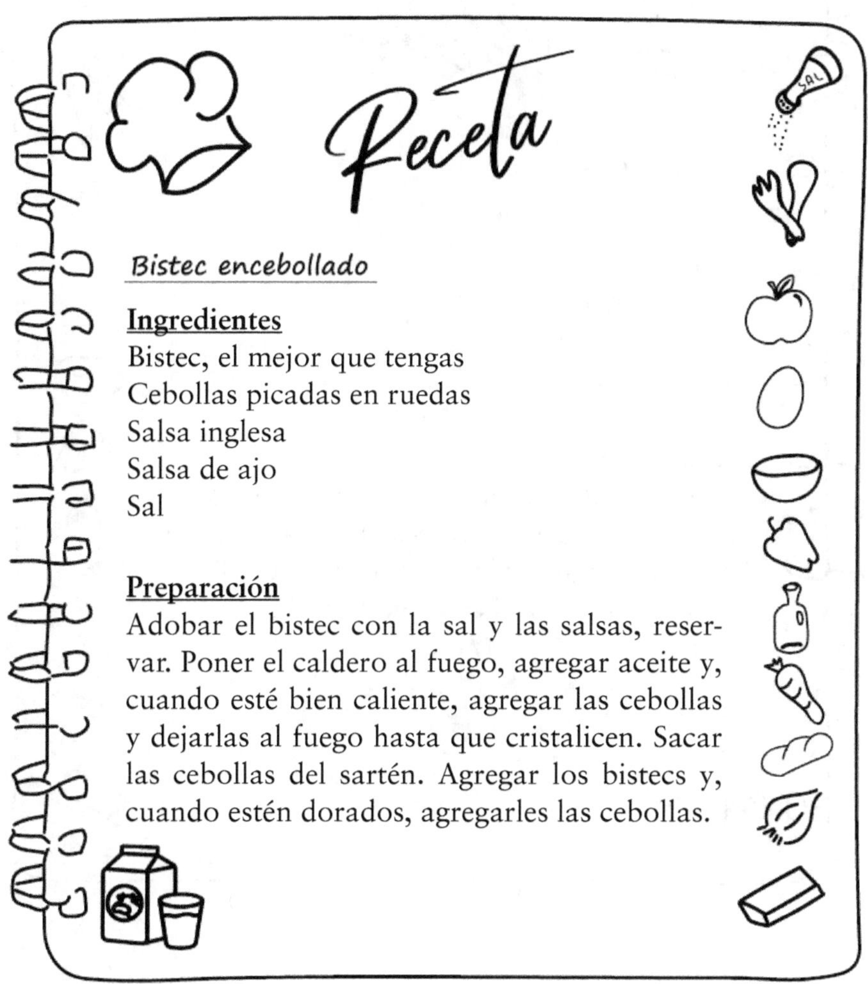

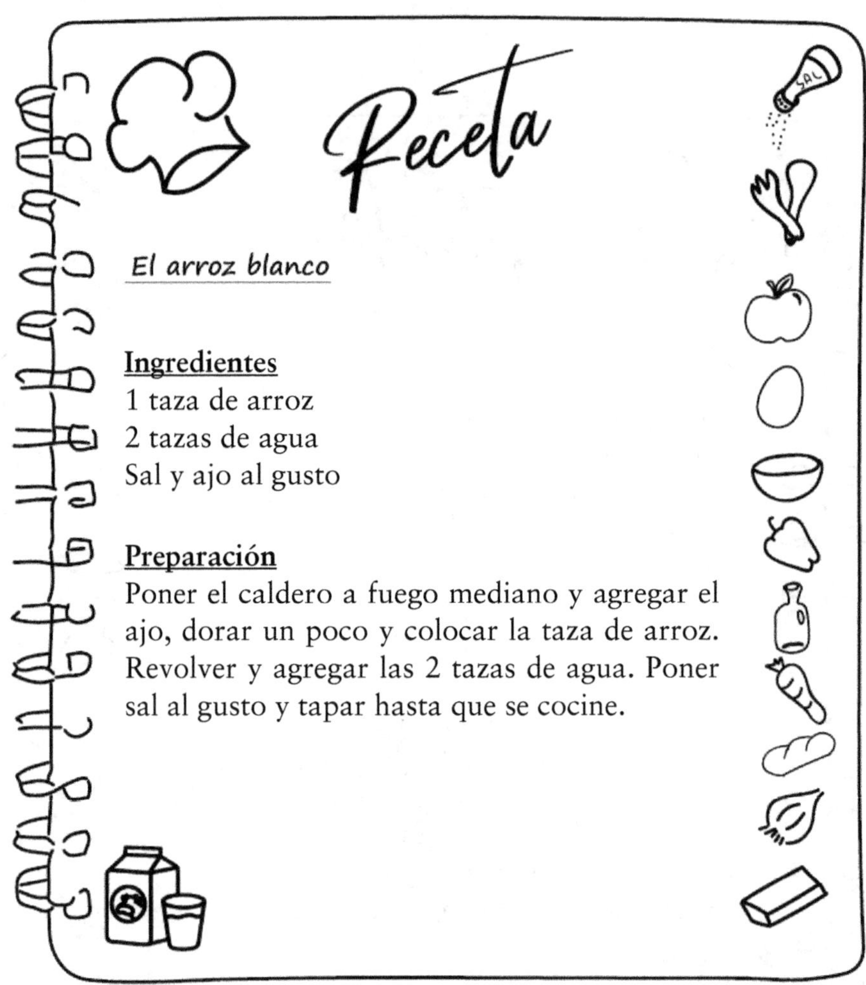

Receta

El arroz blanco

Ingredientes
1 taza de arroz
2 tazas de agua
Sal y ajo al gusto

Preparación
Poner el caldero a fuego mediano y agregar el ajo, dorar un poco y colocar la taza de arroz. Revolver y agregar las 2 tazas de agua. Poner sal al gusto y tapar hasta que se cocine.

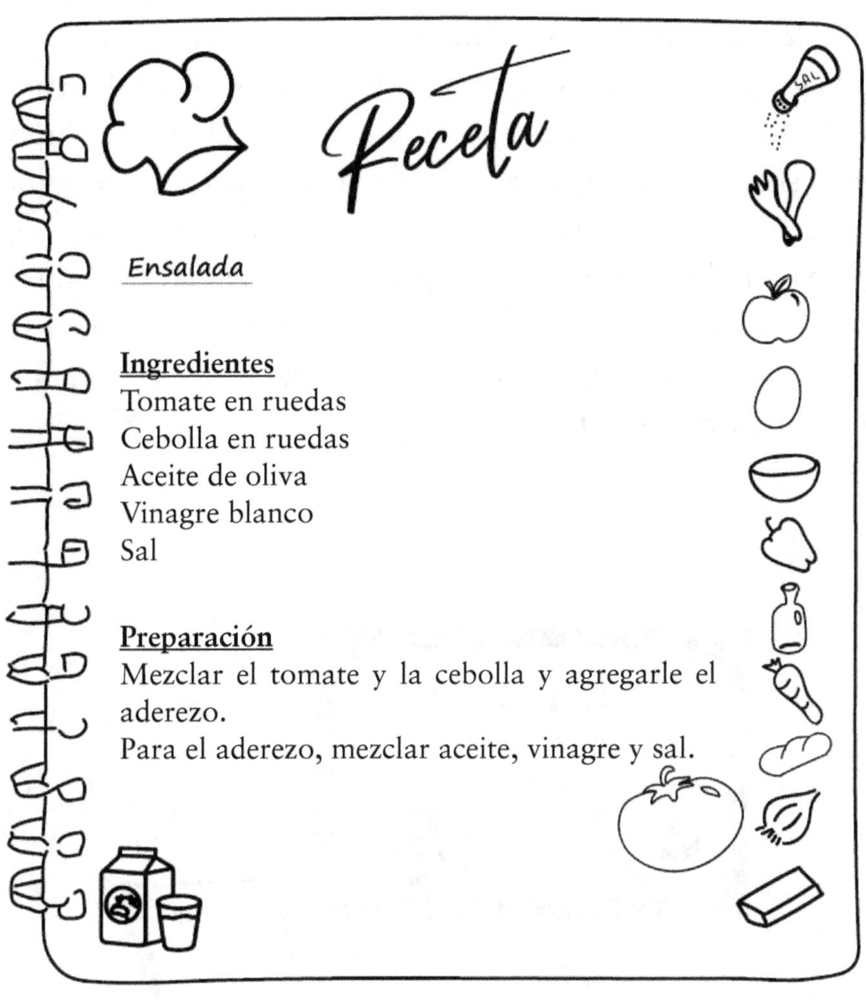

Receta

Ensalada

Ingredientes
Tomate en ruedas
Cebolla en ruedas
Aceite de oliva
Vinagre blanco
Sal

Preparación
Mezclar el tomate y la cebolla y agregarle el aderezo.
Para el aderezo, mezclar aceite, vinagre y sal.

Toda mi carrera fue más o menos tranquila. Estudiar Derecho fue como ver un documental, que te parece interesante pero tampoco es que vas a pasar despierto toda la noche viéndolo; a veces te entretiene, a veces te parece aburrido, y así, viendo aquel documental poco a poco, me gradué y me hice adulto. Tenía 22 años y, además del título de abogado, tenía el título del corazón roto. Ya sé que no hay título de ese tipo, pero sí que debería, con grados y niveles académicos: pregrado, posgrado y doctorado. Uno lo puede enmarcar y colgar en la pared: Título al Corazón Roto, graduado con honores, emitido por la prestigiosa Universidad de la Vida. Así ya el colectivo sabe que uno está listo para el siguiente grado y saben en qué nivel lo pueden joder.

Corazon Partido

Tiritas pa este corazón partío (tiri-ti-tando de frío).
Tiritas pa este corazón partío (pa este corazón partío).
Ya lo ves, que no hay dos sin tres,
que la vida va y viene y que no se detiene.
Y, qué sé yo,
pero miénteme,
aunque sea dime que algo queda entre nosotros dos.
Que en tu habitación nunca sale el sol
ni existe el tiempo ni el dolor.
Llévame, si quieres, a perder
a ningún destino, sin ningún por qué.
Ya lo sé, que corazón que no ve
es corazón que no siente
o corazón que te miente, amor.
Pero, sabes que en lo más profundo de mi alma
sigue aquel dolor por creer en ti.
¿Qué fue de la ilusión y de lo bello que es vivir?
¿Para qué me curaste cuando estaba herido
si hoy me dejas de nuevo el corazón partío?
¿Y quién me va a entregar sus emociones?
¿Quién me va a pedir que nunca le abandone?
¿Quién me tapará esta noche si hace frío?
¿Quién me va a curar el corazón partío?
¿Quién llenará de primaveras este enero
y bajará la luna para que juguemos?
Dime, si tú te vas, dime, cariño mío,
¿quién me va a curar el corazón partío?
Quién me va a curar...
Dar solamente aquello que te sobra
nunca fue compartir, sino dar limosna, amor.
Si no lo sabes tú, te lo digo yo.
Después de la tormenta siempre llega la calma,
pero sé que después de ti,
después de ti no hay nada.
¿Para qué me curaste cuando
estaba herido
si hoy me dejas de nuevo
con el corazón partío?

CAPÍTULO II

Inevitable
Que no puede ser evitado

A Gala la conocí en una fiesta. Ella se estaba divorciando y yo me estaba graduando: cada uno estaba viviendo los eventos más importantes de sus vidas. Me enamoré de ella, y ella, ¡bueno!, la pasó bien conmigo, creo. Mis amigos me advertían: «Héctor, cuando una persona se divorcia, necesita un tiempo antes de establecer una relación seria, y, además, ella es mucho mayor que tú». Por muchos años pensé que había sido la primera mujer en romperme el corazón, pero luego descubrí que no, que en realidad había sido otra. Pero ese es otro tema. En ese entonces, yo no sabía que estaba hechizado, pero sí que había algo diferente. Mis amigos salían con personas de la misma edad, y a mí Gala me llevaba 14 años, por ejemplo. No es que esto me parezca una situación de embrujo, para nada, solo digo que, en ese momento y respecto al mundo que me rodeaba, era diferente. Ahí fue cuando comencé a indagar acerca de ciertas cosas.

En su libro *Tres ensayos para una teoría sexual*, Sigmund Freud desafía tanto a la sociedad prejuiciosa como a la comunidad científica de su época. Hasta entonces, la sexualidad era reducida a la función netamente reproductiva de la especie; pero Freud lo cambió, dijo que no solo tiene una función de reproducción, sino que tiene una de placer que, a su vez, está vinculada al mundo de Eros. Pero lo más importante es que Freud ubica los inicios de la sexualidad no en la pubertad, sino en un período más precoz: en la infancia, más aún, en la lactancia. ¡Qué desafiante eres, Freud! Dice que el hecho de que el primer enamoramiento del joven, como es tan usual, se dirija a una mujer madura, y que el de la muchacha, a un hombre mayor dotado de autoridad, puede tener relación con revivirles la imagen de la madre y del padre. Me preocupé. Al leer esto me preocupé. ¿Sería que estaba buscando a mi madre en los brazos de Gala?

En la primera cita, Gala me llevó a conocer a sus padres. A decir verdad, ella quería ir a su casa a buscar algo que había dejado y allí estaban ellos; pero en mi mente de joven enamorado la situación fue otra. Gala vivía ahí, y me parecía raro. Me parecía raro que viviera en casa de sus padres porque yo la veía muy independiente, pero al mismo tiempo me resultaba tierno. Ella rondaba los 35 años y, al contrario de incomodarme, me encantaba. Era una mujer experimentada, culta, conocedora del mundo y de la vida, que me enseñó mucho, pero, sobre todo, me permitió ver, una vez más, la magia que habita en el mundo femenino.

—Pasa, Héctor, mis padres están en la cocina.

Era la primera vez que entraba a una casa tan grande. Tenía unas escaleras que llevaban hasta la puerta principal, un gran salón de entrada y, a la izquierda, se encontraba la cocina. De fondo se veían las montañas del Henri Pittier. Allí, sentados en la mesa de desayuno, estaban jugando a las cartas.

—Héctor, ellos son mis padres.

—Encantado, un placer conocerlos —murmuré de la manera más nerviosa posible.

Me observaron por encima de los lentes. Ella, con una sonrisa amable; él, con mirada inexpresiva. Me invitaron a sentarme bajo el pretexto de que Gala acostumbra a tardar.

Allí, en esa cocina, sentado, viendo cómo dos personas que llevaban cincuenta años de casados jugaban a las cartas noche tras noche, pasé mis 21 años. El amor es algo raro, ¿ellos se amaban o se necesitaban? Creo que daba lo mismo. Gala y yo nos hicimos inseparables, ¡bueno!, cuando ella estaba en la ciudad éramos inseparables. Por temas de trabajo, ella viajaba mucho; y yo siempre la esperaba. Era chef en un barco de lujo, y la mayor parte del mes estaba navegando, pero, cuando regresaba, yo sentía exactamente lo que deben sentir los marineros en época de luna llena: mi cielo oscuro se iluminaba. Nunca me había subido a un barco, así que no imaginaba cómo podía ser su trabajo, pero suponía que debía ser divertido. Un día me pasó a buscar muy temprano, me dijo que quería que conociera su oficina. Nos fuimos hasta La Guaira, el puerto cerca de Caracas, y allí estaba, el barco más grande que mis ojos habían visto. Apenas estuve frente a él, recordé el barco maldito en el que mi abuelo había llegado a Venezuela. Entonces le pregunté:

—¿Existen barcos malditos?

—Hay muchas leyendas. La más popular es la del holandés errante.

—¿Cuál es su maldición?

—El barco no puede parar. Cada vez que se está acercando a un puerto, el puerto se aleja, y condena al barco y a su tripulación a deambular por siempre en los océanos.

—¿Tú crees en esa leyenda? ¿Acaso has visto al holandés errante?

—Héctor, para creer no es necesario haber visto.

No entiendo esto de las mujeres, que siempre hablan como en clave, ¿para creer no es necesario haber visto? ¿En serio? ¿Por qué no dijo: «Sí, Héctor, yo lo vi», o «No, Héctor, yo nunca he visto al holandés errante»? ¿Por qué tienen que responderme como en códigos? Yo creo que lo hacen a propósito. Ustedes saquen sus propias conclusiones de esta conversación porque, hasta el día de hoy, no sé si Gala creía en el holandés errante o si alguna vez lo había visto.

Me subí al barco. En dos días salían a navegar y ella ya estaba preparando el menú. Día por día, cada comida, cada bebida, todo meticulosamente medido, sin lugar a improvisaciones. No me imaginaba que una cocina pudiera ser algo tan estructurado. Pasamos el día ahí, ella preparando su menú y yo viéndola e imaginando al holandés errante. Si alguien los lleva a su trabajo, ¿no les parece que es un gesto de amor? Exacto, yo creí lo mismo. Al regresar a Maracay, le dije que estaba a punto de cumplir años y que me gustaría que estuviese conmigo. Me respondió que para estar juntos no era necesario vernos, porque las almas no tenían tiempo ni espacio. No entendí. Le regalé una estampita de la Virgen del Valle, protectora de los marineros, y le pedí a esa misma Virgen que la protegiera siempre en altamar. Ella la recibió con agrado, pero me dijo: «Tranquilo, Héctor, Poseidón me cuida». ¿Poseidón? ¿Quién coño es Poseidón? ¿Y cómo va a poder cuidarte más que la Virgen del Valle? Perdonen por la grosería, pero es que no hay mejor expresión para definir mi estado de incredulidad. ¿Cómo podía ese tal Poseidón ser superior a la virgen?

En la mitología griega, Poseidón es el dios de las aguas; gobierna los mares y, en las profundidades, está su castillo dorado. Tiene un tridente que hace que broten manantiales donde él los desee, tiene mal temperamento y es vengativo con aquellos que se atreven a desafiarlo. Obviamente, esto no lo sabía. Pero créanme que después lo supe, y me quedó bien claro.

Gala hablaba varios idiomas; entonces, quise escribirle cartas de amor en todos los idiomas que ella conocía. Como no sabía hablar ninguno de ellos, fui al centro de Maracay a buscar diccionarios de inglés-español, de francés-español, y así. No entendía nada, así que se me ocurrió simplemente buscar palabras en el diccionario e ir escribiendo palabra por palabra hasta completar una oración. Solo lo hice en inglés y en francés, porque era muy trabajoso, pero creo que el resultado fue hermoso.

En términos generales, fue una relación idealizada. Idealizada por mí. El día de mi graduación, ella apareció, tan bella, tan fresca, y yo tan orgulloso de presentarla como lo que era: mi novia. Sí, por primera vez tenía novia, y era Gala. Ya tenía a quién salvar, así como aquellos príncipes que mis hermanas esperaban todas las noches. Ahora pienso en el daño que esos cuentos nos hacen, ¿en qué cabeza cabe que una mujer vaya a ser salvada por un hombre? ¡Por favor! Uno de verdad se cree que es un príncipe; pero no es culpa de uno, nos enseñan a pensar así. Yo no tenía ni para comprar el traje de mi acto de grado y pensaba que iba a salvar a una mujer que sabía cinco idiomas, que era chef consagrada, que hablaba de almas que no tienen tiempo ni espacio, que se conocía la mitad del mundo, y que era protegida por un dios griego.

Llegó la Navidad y yo estaba emocionado pensando en que ella iba a estar conmigo y con mi familia. Me había dicho que quería que preparáramos la cena juntos, así que fui y me compré un delantal, para que ella viera que tenía mis implementos de cocina. Aquello fue un desastre. Primero, porque a mi mamá y a mis tías no les hizo gracia que viniera una extraña a meterse en la cocina, y más una persona que, según ellas, era pretensiosa, solo porque, cuando mi madre le ofreció su cuchillo cebollero, se negó a recibirlo porque cargaba el suyo. En ese momento, Gala sacó un estuche de cuero del maletín, lo abrió delante de todas y mostró su juego de cuchillos afilados. A mi mamá y a mis tías esto les pareció una afrenta y, para peor, en su propia casa, en su propia cocina. Honestamente, yo nunca había escuchado que existiera un cuchillo con ese nombre. Y, segundo, porque

Gala se dio cuenta en ese mismo momento de que yo no era buen compañero de cocina y que cortar la cebolla en *brunoise* no era lo mío. Después de eso, todo cambió.

En una ocasión, Gala estaba de viaje por cuestiones de trabajo. Se había ido por quince días, pero tardó casi dos meses en regresar. Yo no le preguntaba por qué tardaba tanto, ella me había dicho que estaba navegando y siempre imaginé que me decía la verdad, ¿para qué mentir? La mentira empobrece, y ella era tan rica que no tenía sentido pensar que fuese a usarla; pero empecé a dudar.

Tengan en cuenta que yo buscaba respuestas a las cosas que no entendía, y para eso utilizaba los medios que tenía a mi alcance, que generalmente era la biblioteca de mi abuelo.

Freud, Nietzsche y Marx son considerados los filósofos de la sospecha porque lo cuestionaban todo, así que, cuando empecé a indagar sobre la mentira, recurrí a Nietzsche.

Sobre verdad y mentira en sentido extramoral, de Nietzsche, es una obra que me hizo entender cuán estúpido era. Me deprimió mucho y me hizo sentir que mi existencia era realmente absurda, porque lo único que había utilizado hasta ese momento y por lo cual me había destacado, mi razón e intelecto, no era otra cosa que vanidad. ¡Imagínense ustedes! Lo peor de todo fue concientizarme de mi debilidad biológica. Hay una parte en esa obra donde Nietzsche dice que el conocimiento es una «ayuda de que dispone la criatura desfavorecida, vulnerable y efímera para conservar la vida, de la que, por otra parte, sin ese aditamento, desaparecería tan rápidamente como el hijo de Lessing, por toda clase de motivos...». Es decir, el conocimiento surge, básicamente, para suplir deficiencias biológicas. Sin este no podríamos sobrevivir. Si lo único que hacía era leer, y pensaba que el conocimiento era la verdad, díganme ustedes, ¿cómo se sentirían al leer esto, si fuesen yo? Fue en esa época que juré, en la cima del Henri Pittier y delante de mi amigo Alessio, así como Bolívar juró en el Monte Sacro frente a su maestro, Simón Rodríguez, que haría ejercicios por el resto de mi penosa existencia; pero, a diferencia de Bolívar, no cumplí, aunque lo intenté, y la verdad es que lo sigo intentando de cuando en cuando.

«Juro delante de usted; juro por el Dios de mis padres; juro por ellos; juro por mi honor y juro por la patria, que no daré descanso a mi brazo ni reposo a mi alma, hasta que haya roto las cadenas que me oprimen por voluntad de mis deficiencias biológicas».

También descubrí, con Nietzsche, que las personas utilizan la mentira por necesidad y por aburrimiento, porque necesitan vivir en sociedad, y usan las palabras para hacer que lo irreal luzca como la realidad. Mi conclusión fue una sola: yo era un vanidoso y Gala estaba aburrida de mí. La otra opción era que, en efecto, ella estuviera de viaje y que Poseidón, con su tridente, estuviera haciendo enfurecer los mares por donde ella navegaba para impedir que llegara a tierra firme. Esta última hipótesis fue la que me pareció más lógica. ¿Quién puede contra un dios griego? Nadie.

Dos meses después me dijo que había regresado, y yo, desesperado, fui a su casa inmediatamente; quería saber si me había estado mintiendo o si realmente había estado navegando. Cuando la vi, estaba cansada, silenciosa, meditabunda. Me sentí inoportuno. No se me ocurrió que una persona se cansara viajando. Como nunca me había ido de viaje, no conocía los pormenores. Decidí irme para no perturbarla, pensaba que al día siguiente la invitaría a cenar y aclararía mis dudas, pero no sucedió, no la vi, ni al día siguiente, ni al día siguiente del siguiente, ni nunca más. En medio de mi despecho, se me ocurrió buscar ayuda fuera de la biblioteca, fuera de los libros y fuera de los filósofos de la sospecha; quería algo que estuviera más allá de la razón y de la mentira. Acudí a mi amigo Alessio y él me llevó donde un amigo que, según él, era el único capaz de ayudarme.

—Espérame el fin de semana que vaya a Maracay, te voy a llevar a un guía espiritual.

—¿Un guía espiritual? ¡Pero Alessio! Mi espíritu no necesita ninguna guía. Es mi mente, aquella que utilizo para suplir mis deficiencias biológicas y que no para de pensar en Gala, la que necesita ayuda.

—Tú, tranquilo, espérate a que yo llegue.

Llegado el fin de semana, Alessio se apareció vestido todo de blanco. «Así es mejor», me dijo. Nos fuimos a la casa del guía espiritual. Un tipo cuarentón, moreno, corpudo. Entramos a una habitación con un altar y, apenas lo hicimos, exclamó: «La reina María Lionza te quiere, eres su protegido».

Miren, para mí era muy fácil, si una reina me quería, ¿cómo era posible que Gala no? No cabía la menor duda que había algo más y, a esas alturas, ya había decidido encontrar repuestas en aquello que mis ojos no podían ver ni leer.

—¿María Lionza me quiere?

—Sí, te quiere y te protege.

No me atreví a preguntar los detalles de quién era María Lionza, pero me daba curiosidad.

—María Lionza es una diosa, una reina —me explicó el moreno corpudo, como si me hubiese leído la mente—. Fue una sobreviviente luego de que el dios de las aguas intentara sacrificarla.

—¿El dios de las aguas?

—Sí, el dios de las aguas.

Erizarse es una respuesta fisiológica en la que la piel se pone como la de un pájaro desplumado; le dicen piel de gallina. En ese momento, cuando nombró al dios de las aguas, se me puso la piel de gallina. Por algún motivo, sentí miedo.

María Lionza es una deidad femenina que tiene características de mujer blanca y de mujer indígena. En la tríada de deidades venezolanas, encabeza la jerarquía, acompañada del Negro Felipe y del cacique Guaicaipuro. Conforman, juntos, las Tres Potencias del espiritismo marialioncero. Esta corte representa el mestizaje del pueblo venezolano. María Lionza fue la hija de un cacique y de una mujer blanca, por lo que se la considera la madre de la raza mestiza, y se la celebra el 12 de octubre, que coincide con el Día de la raza o Día de la resistencia indígena, también llamado Día del respeto a la diversidad cultural. El Negro Felipe fue un nigeriano que llegó a Venezuela como esclavo traído por los españoles y fue uno de los primeros en luchar en las causas antiesclavistas. El indio Guaicaipuro, a los 20 años, ya era líder de su tribu y, luego, luchó en la Guerra de la Independencia comandando también a otros caciques, como a Naiguatá, al cacique Chacao y al indio Baruta, que era además su hijo. El cacique Guaicaipuro fue el jefe de los jefes, la Constitución, algo así como mi abuelo.

El brujo, como se llamaba a sí mismo el moreno corpudo, me pidió que me sentara y que escogiera un tabaco de entre los tres que tenía en la palma de su mano. Nervioso, escogí el del medio: nunca me habían gustado los extremos. Lo tomó y, al prenderlo, dijo:

«Invoco en este momento a la reina María Lionza, al Negro Felipe y al cacique Guaicaipuro que, junto con nuestro Libertador Simón Bolívar y los demás miembros de la Corte Libertadora, derramaron su sangre para libertarnos. A partir de este momento y a partir de esta santa hora, por el conjuro que voy a realizar, invoco al Santo Cristo de Limpias para limpiar a Héctor, vena por vena, nervio por nervio, para llegar a la cabeza y a los pensamientos, corazón en sentimiento, naturaleza en deseo y en sexo; a los hermanos de la mansión blanca, para poner en blanco y puro todo lo que tropecemos el día de hoy y todos los días de nuestra vida».

Lo sé, no porque me lo haya aprendido de memoria, sino porque, mientras él iba hablando, yo iba tomando apuntes. En un momento se detuvo.

—Tienes mal de ojo… un hechizo.

—¿Cómo que un hechizo? ¿Por qué?

—Hay que destrancarte. No puedo seguir con el tabaco.

—No… ¡por favor! ¡Sigue!

Lanzó el tabaco al suelo, lo pisó y me pidió que anotara lo siguiente.

Receta

Para el Maldeojo

Ingredientes
Sal marina
Esencia de vainilla
Agua bendita
1 velón blanco
Pólvoras españolas
1 coco seco
1 papelito pequeño con mi nombre y apellido
1 incienso de sándalo

Preparación
Prepara un baño de agua tibia a primera hora de la mañana y agrégale la sal marina y la esencia de vainilla. Enciende el velón blanco y el incienso y, mientras se enciende, le pides a la reina María Lionza protección con la oración que te daré. Después de bañarte, te secas con una toalla limpia de arriba hacia abajo y, una vez seco, te aplicas el agua bendita en el cuello, en las muñecas y en los codos. Lo vas a hacer por tres días. El ultimo día, agarras el coco seco, le metes el papelito con tu nombre y las pólvoras españolas. Prende en fuego las pólvoras y espera a que todo se queme. Luego vuelves.

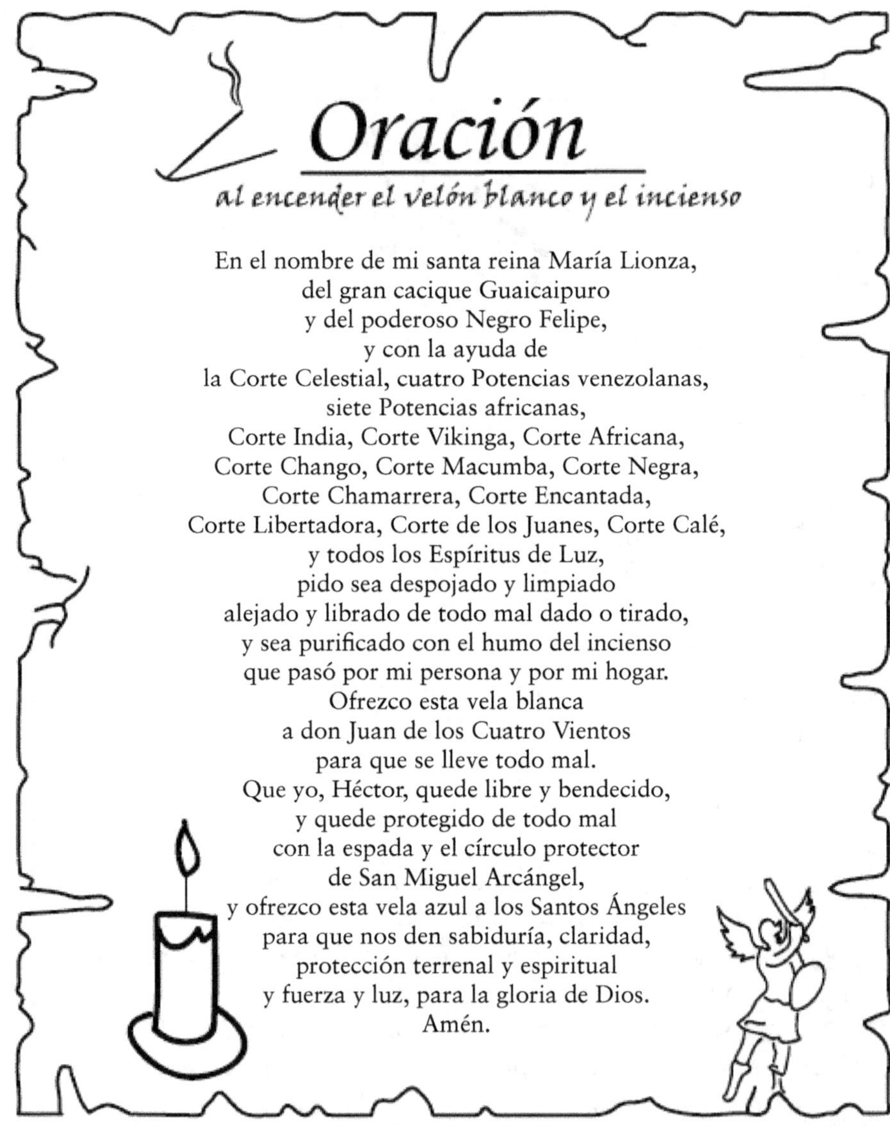

Oración
al encender el velón blanco y el incienso

En el nombre de mi santa reina María Lionza,
del gran cacique Guaicaipuro
y del poderoso Negro Felipe,
y con la ayuda de
la Corte Celestial, cuatro Potencias venezolanas,
siete Potencias africanas,
Corte India, Corte Vikinga, Corte Africana,
Corte Chango, Corte Macumba, Corte Negra,
Corte Chamarrera, Corte Encantada,
Corte Libertadora, Corte de los Juanes, Corte Calé,
y todos los Espíritus de Luz,
pido sea despojado y limpiado
alejado y librado de todo mal dado o tirado,
y sea purificado con el humo del incienso
que pasó por mi persona y por mi hogar.
Ofrezco esta vela blanca
a don Juan de los Cuatro Vientos
para que se lleve todo mal.
Que yo, Héctor, quede libre y bendecido,
y quede protegido de todo mal
con la espada y el círculo protector
de San Miguel Arcángel,
y ofrezco esta vela azul a los Santos Ángeles
para que nos den sabiduría, claridad,
protección terrenal y espiritual
y fuerza y luz, para la gloria de Dios.
Amén.

Volví. El mismo procedimiento. Escogí nuevamente el tabaco del medio.

—Eres un hombre de justicia —sugirió.

—¡Bueno! No estoy seguro de que sea de justicia, pero sí, soy abogado.

—De todas formas, ese no es el destino final, pero es parte del camino.

Trato de recordar qué otra cosa dijo, pero me es imposible; además, ese día no tomé apuntes. Me mandó otro conjuro y me pidió que volviera al mes. Volví, pero en vano, ya Gala se había ido para siempre: el mar se la había llevado.

Me refugié en la música. No piensen que escribía o componía canciones, ¡no! Simplemente cantaba, día y noche cantaba, y cantando se me ocurrió: ¡Eureka! Tengo que aprender a cocinar. Me compré el cuchillo cebollero y empecé a practicar cómo cortar cebollas. Lo hacía escondido, cuando mis hermanas no estaban y, especialmente, cuando mi padre no podía verme. Como ya me había graduado, se suponía que debía buscar trabajo de abogado, no cortar cebollas. Mientras cortaba, cantaba y bailaba; sí, bailaba salsa. Bailé tanto que me hice casi un experto.

Maria Lionza

En la montaña de Sorte por Yaracuy,
en Venezuela, vive una diosa.
En la Montaña de Sorte por Yaracuy,
vive una diosa, una noble reina
de gran belleza y de gran bondad,
amada por la naturaleza
e iluminada de caridad.
Y sus paredes son hechas de viento,
y su techo, hecho de estrellas.
La luna, el sol, el cielo
y la montaña, sus compañeros.
Los ríos, quebradas y flores,
sus mensajeros.
Oh, salve reina, María Lionza,
por Venezuela va con su onza
y cuidando está.
Y va velando a su tierra entera,
desde el guajiro hasta Cumaná
cuida el destino de los latinos.
Vivir unidos y en libertad.
En la montaña de Sorte por Yaracuy,
en Venezuela…

A pesar de que ese destranque del brujo no funcionó, seguía insistiendo porque, ya que sabía por parte de un ser iluminado que alguien me había hechizado, lo mejor era romper el hechizo, ¿no? Aunque, siendo honesto, en esa época yo dudaba del brujo, del hechizo, de todo, pero también sospechaba que algo no andaba bien y, además, me sucedían cosas muy curiosas.

Gala tenía un carro rojo pequeño y, cada vez que veía uno, creía que era ella. Mi corazón se aceleraba pensando en que era el destino, un mensaje del universo que me decía que era un reencuentro, porque estábamos destinados a ser. Era todo un ciclo que se repetía y que no me dejaba escapar. Pensaba en Gala, veía el carro rojo, me decía a mí mismo que era el destino, iba donde el brujo, me llevaba a un despoje, no pasaba nada, me desesperanzaba, pensaba en Gala, veía el carro rojo, y así, intermitentemente por casi un año. Yo seguía insistiendo en hacerme destranques, revientes, yendo al río en el Henri Pittier en época de luna llena y ofreciéndole a la reina María Lionza todo aquello que en realidad quería ofrecerle a Gala: incondicionalidad. Nada de esto funcionó, o al menos no para aquello que yo quería que funcionara.

De mis sesiones espiritistas (aunque muchos de ustedes dirán que no lo eran, sepan que para mí sí lo fueron), dos cosas me habían llamado poderosamente la atención: el tema del agua bendita en los rituales y la Corte Libertadora.

Entonces, las tres potencias, los de máxima jerarquía en el espiritismo venezolano, eran María Lionza, el Negro Felipe y el cacique Guaicaipuro; pero había otra corte a la que el brujo siempre recurría: la Corte Libertadora, encabezada por Simón Bolívar, seguido de Francisco de Miranda, el mariscal Antonio José de Sucre, Negro Primero y otros héroes independentistas.

Me impresionó que utilizaran las personalidades históricas que lucharon por la independencia de Venezuela y de otros países hermanos, pero, sobre todo, me llamó la atención la figura de Negro Primero porque, a diferencia de Bolívar y amigos, casi nadie lo conoce. Negro Primero fue un esclavo a quien su amo, un rico hacendado, le ordenó unirse al Ejército Realista y luchar en contra de los patriotas en las guerras de independencia. Con el tiempo, Negro Primero desertó y se unió al bando de los patriotas, al mando de El Centauro de los Llanos, José Antonio Páez, y entregó su vida a la lucha por la independencia de Venezuela. El general Páez siempre le pedía que se pusiera detrás de él en las batallas, y Negro Primero contestaba: «Delante de mí, solamente la cabeza de mi caballo». De allí nace su apodo; su nombre verdadero era Pedro Camejo. Imagínense ustedes, yo quería ser como él, quería desertar de aquello a donde no pertenecía y entregar mi alma a lo que fuese independentista y, sí, ser el primero.

El uso del agua bendita me pareció muy curioso y fue en donde más me enfoqué. Ustedes habrán notado que, al entrar en una iglesia, hay unas pilas llenas de agua, que ha sido previamente bendecida por el cura, y pues no creo que él invoque a María Lionza para bendecirla. Me parecía que todo estaba mezclado: lo indígena, lo africano y lo católico. Y sí, lo estaba, y a eso se le denomina *sincretismo religioso*.

Todo comenzó en la etapa de la colonización, cuando los españoles pisaron tierra americana. Se dice que ha sido uno de los genocidios más trágicos de la historia de la humanidad y que, casi dos décadas después, la población nativa del caribe ya no existía, había muerto, bien por las duras condiciones de trabajo impuestas por los colonos, o bien por las enfermedades que estos trajeron a América. Entonces, a los colonos no se les ocurrió otra idea que traer esclavos de África.

Cuando etnias yorubas, provenientes de África, llegaron a América como esclavos para trabajar en las plantaciones de azúcar, la Iglesia católica trató de evangelizarlos, así como también lo habían hecho con los indígenas. El resultado fue que exteriormente practicaban el catolicismo, pero internamente mantenían su religión. Así empezó el sincretismo religioso en América, básicamente, a raíz de una desgracia. Muchos años después, me tocó conocer muy de cerca los procesos migratorios, para darme cuenta de lo que en ese momento fue muy claro, pero que mi inocente juventud no tuvo la capacidad de entender en su totalidad: migración y desgracia casi siempre iban de la mano.

Yo no me puedo imaginar cómo sería de desgraciada la existencia, por ejemplo, de un indígena del Caribe, que pertenecía a una comunidad politeísta (con sus dioses representados por la naturaleza, como la luna, el rayo y la lluvia), a quien, de repente, un hombre blanco le dijera que, desde aquel momento, no le cantaría más a la luna para la buena cosecha, sino que repetiría una oración a la Virgen; una oración y una Virgen que desconocía y que no tenían representación en su naturaleza, aquella naturaleza que veneraba y cuidaba a toda costa. ¡Claro! Lo hacía, ¿qué otra opción quedaba? La Iglesia tenía sus métodos persuasivos, ya lo habían probado en las Cruzadas mucho tiempo atrás. Así que, cuando llegaron a América, ganaron por experiencia. Me decepcioné. Hay golpes duros que pegan en el corazón y tardan tiempo en sanar. Este fue uno de ellos.

Después de graduarme, pasé tres años en Maracay e hice de

todo un poco, pero principalmente trabajé para un tribunal de municipio, de esos que nadie sabe que existen. Los fines de semana los pasaba en Choroní, comiendo pescado frito, conserva de coco, tomando guarapita y bañándome en la hermosa e inigualable Playa Grande. Allí aprendí a hacer el pescado frito con tostones y ensalada. Un clásico.

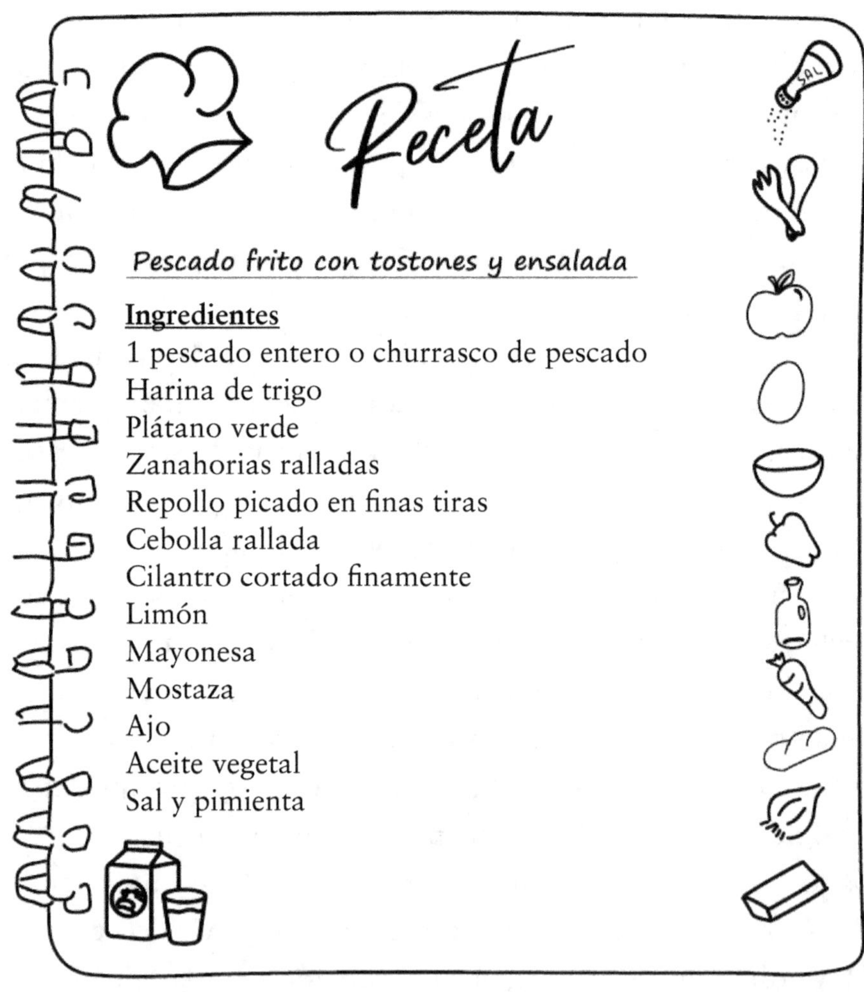

Nota: si estás en Choroní, tienes que ir al amanecer a comprar el pescado recién sacado del mar.

Preparación del pescado

Lavar el pescado y sazonarlo con sal, pimienta y un toque de jugo de limón. Meterlo en la nevera mientras se preparan la ensalada y los tostones. Una vez que esté lista la ensalada con los tostones, poner a fuego en un caldero suficiente aceite vegetal. Mientras se calienta, cubrir el pescado con la harina, freír con el aceite caliente hasta dorar, luego bajarle un poco la llama y dejar cocinar bien.

Preparación de la ensalada

Mezclar la zanahoria, el repollo, la cebolla rallada y el cilantro picado finamente. En un recipiente aparte, mezclar mayonesa, mostaza, un toque de vinagre blanco y sal. Incorporar el aderezo a la ensalada.

Preparación de los tostones

Pelar los tostones y cortarlos en rodajas medianas, freír en aceite caliente por 2 minutos hasta que el plátano quede amarillo pálido. Sacar el plátano del sartén, ponerlo en una tabla de picar y, con una piedra de cocina, machacarlo e ir haciendo círculos como arepas o discos. Ponerle sal al gusto y volver a freír.

Montaje

En un plato llano, poner el pescado frito y, al lado, los tostones. Encima de los tostones, poner la ensalada. Si quieres que sea más playero, después de la ensalada, agregarle un hilo de salsa de tomate y mayonesa.

Todo eso lo preparas mientras cantas *Sin ti*, de King Chango, una de las letras más hermosas, con esa mezcla de *ska* y reggae que solo puedes encontrar en el Caribe. Además, si tienes un desamor, piensas en eso.

Me pray for another chance with you me pray
Oh God let this pain go away
Dime por qué nuestro amor tuvo que terminar,
por qué nuestro ego nos logró dominar
acabando con todo lo que fue nuestro altar.
Tú eres mi alma gemela y no te voy a olvidar.
Y rezo pa' que en la otra vida
nos volvamos a encontrar.

Oh baby I and I pray
Y sigo así...
Sin tu amor.
Y sigo así.
Es que mi vida sin ti...
No puedo vivir, nooooo.

Come rock steady debe doo va day
Ya me tengo que ir.
Y no me quiero alejar.
Ay, vida mía, ayúdame.
Sin ti no quiero vivir más.
Y sigo así,
sin tu olor.
Y sigo así.
No lo puedo evitar.
Ayúdame,
no te puedo olvidar
Es que sin ti...
no puedo vivir más.

¡Qué época aquella! El mar Caribe cura. Se los digo yo. En el mar Caribe no está Poseidón con su tridente, egocéntrico y malgeniado. En el mar Caribe están las ninfas y las sirenas.

Uno de esos días me llamó un amigo, excompañero de clase, y me dijo que estaba trabajando en un tribunal en Caracas. Sabía de una oficina en donde estaban buscando abogados y, sin consultármelo, me había conseguido una cita. Al día siguiente me fui para allá. Mi mamá no dijo nada, mis hermanas se emocionaron y mi papá y mi abuelo me felicitaron.

Llegué nervioso a la entrevista de trabajo. La que sería luego mi jefa me preguntó una sola cosa: «¿Qué quieres de la vida?». Y yo, con toda la inocencia que tenía dentro, respondí lo único que pude: «Ser feliz». Me miró fijamente y me sentí tan orgulloso que tuve la idea de que ella había pensado que, por primera vez en todos los años de su vida, se había encontrado con alguien que lo había comprendido todo. Fue casi dos décadas después que entendí que, en ese momento, lo que ella había sentido por mí había sido compasión. Después de cinco minutos de entrevista con la señora Esmeralda, ya tenía trabajo allí, de medio tiempo, que consistía en ordenar expedientes. Regresé a Maracay, renuncié al tribunal de municipio, alisté mi maleta y volví a Caracas para comenzar mi nuevo trabajo y mi nueva vida.

La señora Esmeralda era una mujer de unos 50 años, con gran experiencia en el mundo jurídico y con alta reputación en los tribunales. Con el tiempo, me enteré de que había mantenido una relación amorosa con una importante jueza penal por más de tres décadas, quien le había enseñado a manejarse en ese mundillo poco conocido y que nadie ve una vez que el tribunal cierra sus puertas. La jueza Coronado era muy conocida, así que, cuando escuché su nombre el día de la entrevista, me emocioné al pensar que iba a conocer a alguien importante, a la autora del libro de Derecho Penal con el que había estudiado. Poco sabía en ese momento de la relación que la jueza y la señora Esmeralda habían tenido, así que me pregunté cuán importante debía ser mi nueva jefa para que una jueza la visitara.

Con el tiempo, me acostumbré a ver personajes diversos del mundo de los tribunales en la oficina; jueces, inspectores, secretarios de tribunales, todos iban constantemente a reunirse con la señora Esmeralda. «Así serán de importantes los casos que ella maneja que el tribunal se traslada a la oficina», pensaba.

—Héctor —me dijo la señora Esmeralda el día de mi entrevista—, no todas las personas de esta oficina son abogados.

—¿Y qué son? —pregunté.

—Además hay contadores; mejor dicho, hay una contadora.

Cuando la vi por primera vez aquella mañana, estaba buscándola desesperadamente. Amelia era perfecta, tenía una seriedad que me encantaba. Yo venía de estar con el corazón roto, queriéndome mudar a aquella ciudad de locos sin saber por qué, cuando me tropecé con aquellos ojos; aquellos ojos que no podía interpretar, aquellos ojos que terminé mirando por más de una década y nunca supe qué decían. No me saludó. ¿Odiaría a las personas en general o me odiaría solo a mí? No lo pude descifrar. Ella vestía chaqueta azul y falda del mismo color, blusa blanca, zapatos de tacón alto y cabello recogido, y era inexpresiva, seria, tan clásica, tan ejecutiva, tan perfecta. Toda ella se representaba en una sola palabra: orden. El orden de la vida, el orden del mundo. Me incomodó. No es bueno encontrarse con personas así a los 25 años, cuando todo está jodidamente en caos. Eso era ella, el orden; y yo era el caos. Al vernos aquella mañana, chocamos. Yo era el caos, y entraba en un agujero negro, sin poder salir, sin poder escapar. En ese momento me dividí en dos. Una parte se quedó afuera, en el horizonte de sucesos, y la otra entró al agujero negro del orden, arrastrada por su fuerza de gravedad, sin poder escapar y cayendo en el olvido para siempre. Sí, murió ese día, esa mañana, cuando la vi por primera vez. Allí, sin saberlo, una parte de mí murió, porque caer en el olvido es igual que morir.

En mi primer día de trabajo no hubo presentaciones, simplemente me entregaron unas carpetas. «Revisa que todo esté en orden», fue la instrucción que recibí. ¿Revisar qué, exactamente? ¿Cómo sé que está o no está todo en orden? Como no obtuve respuestas, me las apañé como pude. En la tarde podía hacer lo que quería y siempre salía de la oficina con aquella sensación de no saber si había hecho bien el trabajo o no, no entendía ni siquiera mis funciones y, cuando mis amigos me preguntaban por mi trabajo, yo me disponía a decirles que todo estaba en orden. ¡Bueno! ¿Para qué engañarlos? Mi amigo Alessio era el único que preguntaba, porque era el único amigo que tenía.

En la oficina se celebraban muchas reuniones, siempre había alguien reunido con alguien. De esas reuniones, nunca participaba Amelia. Incluso, cuando ella sentía que alguien de algún tribunal venía, cerraba la puerta de su oficina. Amelia era la contadora, y vivía así, contando cosas, contaba hasta el número de hojas que se usaban en la oficina. Entones, un día sucedió, Amelia entró a mi oficina y sin reparos me dijo:

—Eres el abogado más derrochador de hojas que tiene la oficina. —Dio media vuelta y se fue.

—¿Qué quieres decir? —pregunté, pero ya no estaba para escucharme.

Pasados tres meses, me ascendieron y empecé a trabajar a tiempo completo. Al parecer, mi manera de ordenar los expedientes iba bien y, por supuesto, me sentía orgulloso, porque en ese momento era lo único que podía hacer bien: ordenar expedientes por orden alfabético.

Tuve mucha suerte de que mi amigo Alessio, con quien me unen lazos muy parecidos a los fraternales, ya tenía tiempo viviendo en Caracas cuando empecé a trabajar en la oficina con la señora Esmeralda. Alessio y yo prácticamente nos criamos juntos, porque mi padre y su padre, un *gelatero* italiano, eran muy amigos. A diferencia de mí, todo el peso de la herencia *gelatera* recayó sobre él. Su padre pensó que lo mejor para el negocio familiar y para los planes de expansión era que estudiara administración de empresas, y lo mandaron a Caracas apenas nos graduamos en el bachillerato. Así que, ocho años después de aquel evento, Alessio me recibió en la capital, porque, como era de esperarse, para ese entonces aún no se había graduado.

La amistad es una figura muy compleja, te hace sentir que eres una buena persona, aunque no lo seas, porque, como dijo Voltaire, solo los buenos pueden ser amigos, los malos no. Además, te hace sentir parte de algo, algo que no está vinculado a lazos de sangre y, por lo tanto, sin ningún deber moral de aceptación. Alessio era y sigue siendo mi mejor amigo, pero no siempre me cae bien; de hecho, la mayoría de las veces me cae mal. Me dice cosas para sacarme de quicio, no respeta mis decisiones, se burla de mis desgracias y, lo peor de todo, me presiona para hacer cosas que no quiero, las cuales, en su mayoría, han terminado en verdaderas tragedias. Pero he de decir algo: me acompaña. Siempre me acompaña y siempre me enseña cosas diferentes. Con él aprendí a manejar en un *jeep* viejo que tenía su papá. A escondidas, él sacaba el *jeep* por las noches solo para enseñarme, expuestos a una gran reprimenda por parte de su padre, quien atesoraba aquel vehículo como si fuera una antigüedad. Después me enteré de que sí, que realmente era una antigüedad. Imagínense ustedes cuando lo llamé para decirle que tenía una entrevista de trabajo en Caracas. Fue él quien me llevó aquella mañana y, mientras yo estaba siendo tragado por el agujero negro del orden, él estaba afuera, esperándome, como siempre. Al salir de la entrevista, lo notó. «Parece que te pasó un camión por encima —me dijo— ya quita esa cara de tragedia, que seguramente te dieron el trabajo».

Lo que me ofrecían de sueldo en aquella oficina de abogados me alcanzaba para lo justo: compartir apartamento con alguien, hacer mercado y comprar el tique del metro. Económicamente hablando, me convenía quedarme en Maracay, pero vivir en Caracas me parecía atractivo; además, estaba Alessio. No esperaba que el mismo día de la entrevista me fueran a contratar y, menos aún, que yo aceptara el trabajo, sin siquiera tener dónde vivir. Alessio vivía con una tía y su familia y, aunque me podía quedar allí momentáneamente, tenía que buscar un sitio aparte.

Caracas es una ciudad ruda, en general, y más para una persona que no es de ahí. En esa época había manifestaciones por todos lados, el entonces presidente de Venezuela y su Gobierno estaban atravesando una dura prueba. Petróleos de Venezuela, la Confederación de Trabajadores, la Organización de Gremios Empresariales y otros organismos y organizaciones se fueron a un paro general que denominaron *Paro Petrolero*. En respuesta, el entonces presidente, en cadena nacional, despidió a más de 17 000 trabajadores de la petrolera estatal. Parecía ese *reality show* que hacía Donald Trump antes de ser presidente de los Estados Unidos, en el que les decía a los participantes: «¡Estás despedido!». Qué coincidencias... Lo cierto es que todo estaba muy agitado en esa época, aunque nunca nos imaginamos que esa agitación se convertiría en lo habitual. En un comienzo, era un paro de 24 horas, pero se extendió por cuatro meses, cuando el alto mando militar anunció que se le había solicitado la renuncia al presidente y que este había aceptado. Dos días después de este anuncio, el presidente fue repuesto en su cargo. No tratemos de analizar mucho estos acontecimientos, ya que es muy confuso y no creo que sea importante a los efectos del hechizo y la contra. Lo real era que el país, pero en especial Caracas, era un caos. Y yo me estaba mudando a ese caos, con Alessio y su tía, mientras buscaba otra cosa. Esa otra cosa salió al mes. Conseguí rentar un anexo tipo estudio para mí solo. Ser recién graduado es difícil, muy difícil. Tus expectativas, mejor dicho, tus sueños, son muy altos, y tu experiencia, muy baja. Esa combinación te hace la vida miserable, hasta que poco a poco empiezas a hacerte notar y a tener un poco de control sobre tu vida. Ya hoy día es todo un poco diferente porque a los *millennials* los mueven otros ideales.

Una tarde, salí de mi oficina y me fui a ver a Alessio. Estábamos los dos solteros, pero con la mente puesta en personas que nos habían roto el corazón. Ninguno de los dos lo asumíamos, ¡claro está!, es muy difícil asumir en Venezuela que una mujer te ha roto el corazón. Mejor dicho, Alessio no lo asumía, yo sí, yo hacía alarde de mi despecho, de mi desamor, incluso de mi hechizo. Por la noche nos fuimos a dar vueltas por ahí y entramos en un bar a beber algo en La Castellana. Caracas, tanto de día como de noche, es muy agitada, y nosotros en esa época estábamos al ritmo de la ciudad. Al llegar al bar, nos tropezamos con dos chicas que se estaban yendo, se reían a carcajadas y con un toque de malicia. Se veían muy pícaras, realmente. Entramos y con la misma salimos porque nos pareció que era un sitio de hombres mayores que tomaban whisky mientras hacían negocios, y nosotros ni hacíamos negocios ni teníamos para tomar whisky, además de que esa noche andábamos dando vueltas sin intención de quedarnos en ningún lado. Al salir, vimos una nota en el carro de Alessio.

—Hola.

Ese «hola» se transformó en una amistad que duró un año para mí y María Carlota, y un mes para Alessio y María Paula. Ellas eran primas y vivían juntas en un apartamento en Sabana Grande y, como nosotros no teníamos dinero para invitarlas a salir, fue muy beneficioso ir a comer a su apartamento. María Carlota era risueña, alegre, divertida, fresca, joven. Me sentía bien porque era la primera vez que salía con alguien menor que yo, aunque años después me enteré de que me había mentido sobre su edad: en realidad era mayor. De verdad no entiendo esa manía de algunas mujeres de ponerse edades que no tienen, no digo que sea algo malo, solo que no lo entiendo. Quizá Nietzsche tenía razón, mentimos para que nuestra vida en sociedad transcurra en paz.

Llegamos al apartamento a la hora indicada. Cuando uno es joven, es muy atrevido; nunca pensamos que pudiéramos ser secuestrados y que nuestros órganos fueran a ser vendidos en el mercado negro; al contrario, nos sentíamos los más suertudos de Caracas. Cuando llegamos, María Carlota estaba cocinando y tenía ya puesta la mesa. Me dijo que era cocinera aficionada. Ese día y los sucesivos, me cocinó platos deliciosos; tenía pasión por la cocina italiana y yo realmente disfrutaba mucho de su comida y de su compañía. No lo podía creer, había estado con una chef profesional y nunca la había visto cocinar nada más que aquella cena de Navidad, y ahora estaba con una aficionada que me cocinaba día y noche. Con María Carlota hubiésemos sido novios si ella no me hubiera dicho que no lo éramos. Casi siempre iba a mi casa, a veces sola, a veces con sus amigas. Pasábamos las noches cocinando, cantando, bailando; me divertí mucho en esa época, hasta se me olvidó el asunto del hechizo. Ahora que lo pienso, eso era parte del hechizo: la distracción.

María Carlota me gustaba, y realmente la pasé muy bien. No quería ser mi novia, o al menos eso era lo que yo pensaba, y me pareció correcto, incluso pensé que teníamos un trato y que no habría malos entendidos. Pero las cosas sucedieron de otra manera. Una noche, fue con sus amigas al apartamento. Escuchábamos música y una de sus amigas tocaba la guitarra mientras nosotros cocinábamos... en un momento, y ya después de varios vinos, le di a probar la salsa que estaba preparando, una receta que había aprendido de ella, y me hizo un gesto con los dedos de que le había gustado. Yo, sin pensarlo, grité eufóricamente: «¡Bravo! ¡A mi novia le gustó la salsa!». Ella se volteó y me dijo con cara seria que no éramos novios, que para serlo teníamos que conocernos más y que el tiempo era el que decidía. Para mí, decir eso era totalmente innecesario. Cualquiera sabe que uno se tiene que conocer primero y, a medida que pasa el tiempo, las relaciones se afianzan o se terminan. Entonces, asumí que el fin último de ella era dejar claro que no éramos novios, punto. Me disculpé y le dije que lo entendía. Le mentí. No lo entendía, pero la verdad es que no quería ir en contra de la corriente, no quería presionar nada, no quería terminar recurriendo a los filósofos de la sospecha ni, mucho menos, al brujo corpudo. Además, Alessio me dijo que era mejor así y que me había ganado la lotería, que no me quejara. Después de analizarlo bien, realmente me pareció buena aquella idea. «Una cosa de la gente de Caracas», pensé. Nunca se me hubiese ocurrido, pero aquel pacto me pareció bien.

A partir de ese momento, la empecé a ver como una amiga con la que salía; pero, misteriosamente, ella me empezó a ver como alguien que podía ser… un novio. Ya se podrán imaginar en lo que terminó esto. Pasados los meses, quizá cinco o seis, le dije que ya no podía seguir saliendo con ella. Decir eso e insultarla fue lo mismo. Entonces, le expliqué que podíamos seguir siendo amigos, pero que empezaba a tener más trabajo en la oficina y que ya no podía pasar las noches cantando y cocinando. Me miró a los ojos y me dijo que las circunstancias habían cambiado y que nosotros éramos novios, con una relación estable y que yo, de buenas a primera, estaba terminando con ella justo a un mes de su cumpleaños. Como yo insistía en que no éramos novios, según un pacto que habíamos hecho meses atrás, a ella le dio una rabieta tal que (al igual que mi abuelo aquella tarde que le dije que me quería ir en un crucero) tomó un jarrón que había en la mesita de la sala y lo lanzó contra la pared, buscó su cartera, abrió la puerta y se fue. No entendí. Yo no entendí. Nunca más supe de ella hasta una década después, cuando me estafó, pero ya les contaré, o quizá no les cuente. Lo cierto es que ahí terminó todo.

Esa noche me quedé pensando largo rato sin poder dormir. Recordé a María Lionza y lo mucho que me quería y me protegía, ¿me estaría protegiendo en estos momentos también? Pensaba en Gala, en Poseidón, en el holandés errante y en el hechizo. También pensaba en Amelia, en lo mucho que me intrigaba su orden y en el tiempo que había perdido de estar con ella por andar distraído. Sí, Amelia me intrigaba y me gustaba. Me gustaba mucho. ¿Quién me habría querido hechizar? ¿Sería que a mi abuelo lo habían hechizado en ese barco maldito? ¿Sería que lo heredé de mi abuelo? Algo así como en las casas reales donde rige la primogenitura, solo que en mi familia lo que se heredaba no era una corona, sino una maldición. Pero

¿y mi padre? Entonces él también estaba hechizado.

Amelia me intrigaba. Aun cuando salía con María Carlota, pensaba en Amelia. Me era casi imposible dejar de verla. Un día, estaba almorzando con varias compañeras y salió el tema; ellas hablaban de un abogado que siempre iba a la oficina a reunirse con la señora Esmeralda, pero pensaban que realmente iba por Amelia. «Pobre Dr. Agustín —decían—, Amelia nunca se va a interesar en él». Entonces, como vi que ellas eran buenas para teorizar, aproveché para preguntar.

—¿Por qué creen que ella nunca sonríe?

—Debe ser por lo de la familia —dijeron todas casi al unísono.

—¿Qué tiene la familia? —pregunté, y todas se miraron extrañadas de que realmente estuviera haciendo aquella pregunta.

—Amelia no tiene familia.

—¿Qué dicen? Todo el mundo tiene familia.

—Amelia no —dijo Mari, la recepcionista, y todas la miraron como diciéndole: «¿Qué haces? ¿Cómo te atreves?». Y, además, miraron para todos lados para asegurarse de que nadie nos estuviese escuchando.

Entonces la mayor de todas lo dijo:

—Cuando tenía ocho años, con su familia tuvieron un terrible accidente. Todos murieron, excepto Amelia. Desde entonces, la señora Esmeralda se hizo cargo de ella. Y mira, Héctor, nadie es feliz sin familia —sentenció.

Ese descubrimiento me perturbó. Había pasado poco más de un año desde que estaba trabajando en la oficina y, aparte de los *buenos días* que le daba (a los que casi nunca obtenía respuestas), no teníamos ningún tipo de interacción, no sabía nada de ella. No tenía familia. ¡No podía ser! No pude dormir, pensaba en lo injusto que era todo y, la verdad, quería armarme de valor; tener el valor de ir a la oficina, entrar como el príncipe encantado mientras la recepcionista y su grupo lanzaban papelillos, tomar a Amelia por la cintura y, mirándola a los ojos, decirle: «Yo te hago la familia, querida Amelia».

Apenas amaneció, me fui a la oficina. Me encontré con Amelia; estaba preparando café. Me sorprendió verla tan temprano.

—Al que madruga, Dios lo ayuda —dije, intentando ser apropiado o, al menos, coherente. Ella me clavó sus ojos azules, y sentí como si un rayo me atravesara el alma.

—¡Oh! El abogado cree en Dios, ¡qué sorpresa! —lo dijo en tono sarcástico, e inmediatamente agregó:

—¿Quieres café?

—Sí, gracias.

Parsimoniosamente, tomó una taza blanca que tenía el logo del escritorio jurídico, le agregó una cucharadita pequeña de azúcar y luego el café. Me supo a gloria.

—¿Tú no tomas? —pregunté tímidamente.

—No puedo.

—¿Y por qué lo preparas?

—Lo hago para los demás.

—¿Por qué no puedes?

—Estoy embarazada.

Me quedé paralizado.

En mi mundo ideal, hay una cascada y un pozo. Para llegar allí, hay que atravesar un bosque, y siempre me acompaña un hada madrina. ¿Lo mejor? Soy el único que conoce el lugar. Cada vez que me pongo nervioso o tengo una crisis de pánico, voy a ese lugar a bañarme para calmarme. Fue algo que me enseñó mi abuela materna. Ese día, delante de Amelia, me fui corriendo para ahí. Se me borró la visión, las piernas me temblaban y no sentía los brazos. Cerré los ojos, busqué desesperadamente en el bosque al hada madrina y le pedí que me llevara a ver la cascada. Cuando los abrí, ya no estaba Amelia. ¿Qué habría pensado de mí? ¿Quizá que me había quedado dormido mientras tomaba café? Sería muy raro si eso hubiese ocurrido, aunque supongo que más raro habría sido si le hubiera contado que tuve que ir corriendo al pozo. No lo habría entendido. Ahora que lo pienso, quizás en ese pozo está la contra que ando buscando; quizás, en vez de estar aquí escribiendo, debería buscar en *Google Earth* dónde quedan las cascadas con pozo e ir a esos sitios, uno por uno, hasta encontrar el indicado, pero a estas alturas ya no puedo cambiar de táctica, sería muy engorroso. Mejor sigo escribiendo.

Quería respuestas a tantas preguntas… ¿Embarazada? ¿De quién? ¿Cuándo? Me salté el cómo pues de eso no quería detalles, obviamente. Pero el quién y el cuándo estaba dispuesto a averiguarlos. Ese día me dio fiebre y me duró un mes. Era una fiebre leve, más bien quebranto. Mamá me decía cada vez que me sentía cerca o que me rozaba: «Muchacho, tienes el termostato dañado». En Venezuela, hasta tu mamá te hace *bullying*.

Pasaba el día meditabundo, a veces con la mirada puesta en la nada, pensando en qué habría pasado si le hubiese dicho a Amelia que para mí era la mujer más bella y perfecta de toda la especie humana, que por ella hubiese ido a la luna y regresado, hubiese corrido un maratón solo para verla, hubiese navegado los siete mares, hubiese atravesado desiertos, hubiese escalado el Everest. Sin embargo, no dije nada y no hice nada. Era evidente que no la merecía.

También estaba la posibilidad de que el hechizo me hubiera vuelto mudo con Amelia. Todos los días preparaba mi discurso matutino: «Hola, Amelia, hoy amaneciste más bella que de costumbre, ¿tienes algún plan para hoy? ¡No! ¡Increíble! Yo tampoco, ¿qué tal si vamos a un bar después de la oficina?». Esas palabras nunca salieron de mi boca, por eso pienso que la mudez fue parte del hechizo y también la distracción con María Carlota y el fulano pacto. Cuando llegaba en las mañanas al trabajo, pasaba frente a su oficina para ver si estaba, y siempre estaba. Pero nunca le dije nada. Con una excepción. Un día, quizá unos tres meses antes de aquella mañana en que la encontré preparando el café, entré a la cocina de la oficina y allí estaba ella. Me puse nervioso apenas la vi y, en mi nerviosismo, le pregunté qué haría si alguien le diera un beso de repente. Ella, sin pensarlo, respondió como cualquier mujer lo hubiese hecho: que se defendería con una bofetada. Di media vuelta y salí de esa cocina despavorido y no crucé más palabras con ella hasta el día mencionado. Qué absurdo, qué poco profesional, ¿a quién se le ocurre preguntar eso? Todo por culpa de Alessio, que me había dicho que, al encontrarla sola, le diera un beso cuando estuviera desprevenida, y yo, pensando que eso era una falta de respeto gigantesca, preferí indagar primero.

Cada día veía la barriga de Amelia crecer un poquito. ¿Cómo será llevar a un ser vivo en el vientre? No entiendo cómo las mujeres recién ahora hablan de empoderamiento, si ellas tienen el poder desde el inicio mismo de la humanidad. ¿Cómo no sentirte empoderada cuando estás embarazada? ¿Cómo no sentirte semejante al creador, si eres tan creadora como el mismísimo Dios que, según los cristianos, creó al mundo en siete días? ¿Cómo todavía la gente piensa que ese Dios es hombre? ¿Cómo la sociedad hizo para que se opacara una fuerza divina como esa? Hay una sola respuesta: patriarcado.

También hay una verdad, y es que yo quería ser el padre de la pequeña criatura que Amelia llevaba en su vientre; pero no lo era. Pasaba todo el día observándola y preguntándome quién sería el padre. ¿Estaba enamorado de ella o había sido cosa de una noche? Aún peor: ¿ella lo amaba? Con el embarazo, se volvió más extrovertida, más alegre, se daba el lujo de establecer conversaciones de hasta tres minutos, a veces de hasta cinco. Era otra Amelia, y yo la estaba disfrutando mucho. En una ocasión, la escuché decir que en las mañanas le daban ganas de tomar té, siempre de sabores distintos. Esa misma tarde, al salir de la oficina, fui a buscar té en las tienditas de Chacao. Compré de varios sabores y también compré una tetera con dibujos de Alicia en el País de las Maravillas. Pasé los meses de su embarazo comprando té y teteras, pero nunca tuve el valor de entregárselas.

Todas las mujeres embarazadas lucen radiantes, pero Amelia era la más radiante de todas. Cuando entraba, su luz iluminaba hasta el cuarto más oscuro. ¿Ella lo sabría? ¿Alguien se lo habría dicho? Un día cualquiera, cuando estaba como en su sexto mes de embarazo, me enteré de que había quedado embarazada en aquel viaje que había hecho por el Caribe. En ese entonces, ella estaba de vacaciones y había decidido recorrer varias islas en un crucero que salía desde La Guaira, el mismo sitio desde donde salía el barco de Gala, pero ¿con quién se habría ido? Ahí estaba la respuesta a mi interrogante. El progenitor estaba en ese viaje. Y, bueno, quizá Poseidón sí estaba en el Caribe también.

Como tenía tiempo libre, decidí hacer un curso de comida árabe. Quería aprender a preparar el *shawarma* y, por qué no, dejar el Derecho y convertirme en emprendedor gastronómico con mi propio negocio de *shawarmas*. Ese fin de semana fui a Maracay a visitar a mi familia, y ustedes no se imaginan la que se armó cuando les dije a mi abuelo y a mi padre que iba a hacer un curso de comida árabe. Me lo prohibieron. En su lugar, me dijeron que ya era momento de hacer un posgrado y, para qué mentirles, eso fue lo que hice. Había un problema, ¿un posgrado de qué? Me gustaba el Derecho en general, todo era interesante, y me costaba decidirme por una rama en específico. Hice una lista de lo que me gustaba y otra de lo que me parecía útil. Pasión versus utilidad. Subjetivo versus objetivo. Corazón versus mente. ¿Qué creen ustedes que escogí? Me fui por utilidad.

Me sentía burlado por la vida así que decidí vengarme. Fue en el mar donde a mi abuelo lo habían hechizado, fue en el mar donde perdí a Gala, fue en el mar donde Amelia quedó embarazada de otro. Yo, Héctor de Maracay, protegido de María Lionza, tenía que buscar la manera de vengarme de Poseidón, el Dios de los mares. Y tuve una idea brillante, o al menos eso fue lo que pensé en ese momento: especializarme en Derecho Marítimo. ¡Ay, Poseidón! No sabes lo que te espera.

Una cosa es el Derecho Marítimo y otra diferente es el Derecho del Mar. El primero rige las relaciones jurídicas que nacen o se desarrollan en el mar de índole privada y, el segundo, entre Estados. Yo fui por las privadas, por un tema estratégico: la verdad, pensando que a la señora Esmeralda no le iba a agradar la idea de que me involucrara con eso del Estado y sus espacios marítimos. Ella siempre decía que, con el Gobierno, lejos porque, claro, en Venezuela, Gobierno y Estado eran lo mismo. Me decidí por el Derecho Marítimo y, sin dudarlo, me inscribí. Los meses que siguieron me dediqué a mi posgrado, a mi trabajo, a ir a los tribunales, a convencer a la señora Esmeralda de la importancia de tener un abogado especialista en Derecho Marítimo en la oficina y a observar a Amelia mientras se convertía en mamá.

El mar me absorbió. ¿Qué mejor manera de vengarte de tu enemigo que fundiéndote en él? Aprendí a conocerlo, a robarle sus hijos, a cocinarlos y a comérmelos. De todos los hijos del mar, los que más me apetecían eran los camarones, y aprendí a prepararlos de todas las maneras posibles. Mis favoritos eran los camarones al ajillo, otro clásico.

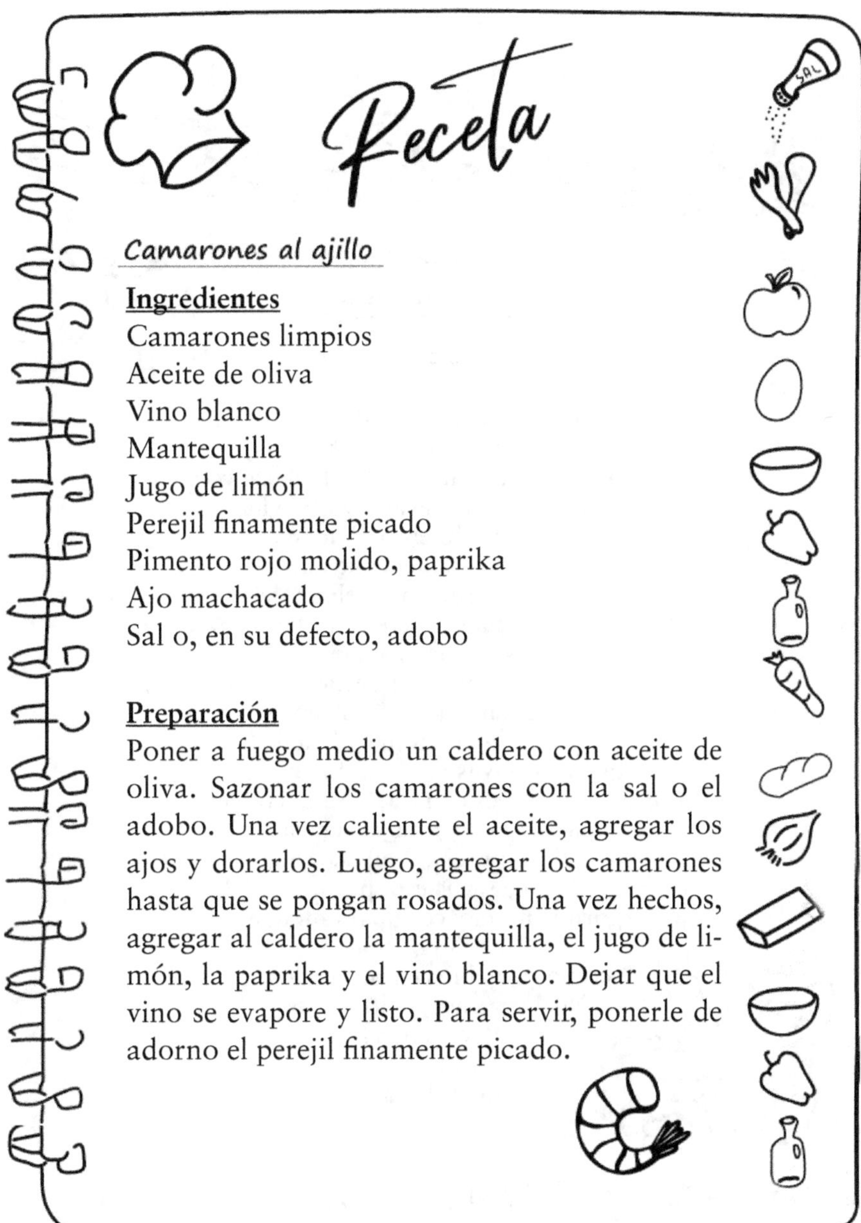

Receta

Camarones al ajillo

Ingredientes
Camarones limpios
Aceite de oliva
Vino blanco
Mantequilla
Jugo de limón
Perejil finamente picado
Pimento rojo molido, paprika
Ajo machacado
Sal o, en su defecto, adobo

Preparación
Poner a fuego medio un caldero con aceite de oliva. Sazonar los camarones con la sal o el adobo. Una vez caliente el aceite, agregar los ajos y dorarlos. Luego, agregar los camarones hasta que se pongan rosados. Una vez hechos, agregar al caldero la mantequilla, el jugo de limón, la paprika y el vino blanco. Dejar que el vino se evapore y listo. Para servir, ponerle de adorno el perejil finamente picado.

Mientras los preparaba, cantaba, a todo pulmón, cantaba.

Me dueles en el fondo de mi corazón.
La herida no ha cerrado todavía,
no hay forma en que pueda olvidarte yo.
Yo siento, te has llevado ya mi vida.
Siempre intento olvidarte
y te vuelvo a encontrar,
siempre, en cada rincón y debajo del mar.
Si me voy del planeta, eres estrella fugaz,
si en las noches yo duermo,
en mis sueños tú estás.
Eres sirena, oigo tu canto
y me ahogo en tu cadera.
Por que tú vuelvas yo daría lo que fuera,
por que me quites con tu piel esta condena
que me mata y me envenena.
Mira, morena, baila conmigo
y me sacas esta pena,
porque no hay cosa para mí que
sea tan buena
como tus labios en mis labios.
Vuelve a casa, te lo ruego.
Ven, nena,
eres el mar.
Eres el mar.

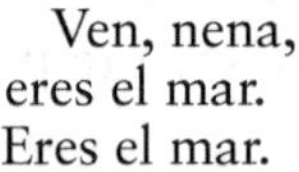

Me gradué. Con honores, por supuesto. Estudiar es tan fácil. Mis padres se sentían orgullosos y la señora Esmeralda no dudó ni un segundo en buscarme un asistente porque, según ella, nos lloverían nuevos clientes. Y así fue.

Estoy convencido de que eso también era parte del hechizo, distraerme en el trabajo para que no me diera tiempo de enfocarme en el amor y, de esa manera, no tener amor. Así de simple y brillante. Tenía tanto trabajo en aquella época que salía de la oficina a las once de la noche, y a las siete de la mañana ya estaba de regreso, y tengan en cuenta que iba al gimnasio muy temprano, por aquel pacto que había hecho simulando a Bolívar en el Monte Sacro. Algunas veces, cuando terminaba más temprano, me encontraba con Alessio para tomar algo, y de allí a mi casa. Los fines de semana eran otra cosa, andaba de fiesta en fiesta. Total, que vivía la vida que a simple vista se podría decir como la de un soltero medianamente exitoso o, si ustedes son de las personas que ven el trabajo como sinónimo de éxito, pues, en ese caso, era un soltero exitoso. Así fue pasando el tiempo y fui adquiriendo más trabajo; mis opiniones se escuchaban y era una «pieza clave» en la oficina. Así decía la señora Esmeralda cada vez que un abogado de los más experimentados trataba de entender por qué a uno tan joven se le daban casos importantes. Ella siempre refutaba con lo mismo: «El muchacho es una pieza clave».

En una ocasión, estaba esperando a un colega en los pasillos de los tribunales y, como tardaba en llegar, decidí sentarme en el suelo. No sé qué pasó, pero me quedé por un buen rato mirando a la nada. Imagínense ustedes: sentado en el piso del tribunal, viendo a la nada. ¿Qué habría pensado la señora Esmeralda si me hubiese visto? El cuento es que, después de un buen rato, enfoqué la mirada hacia algo que estaba pegado en la pared: era la publicidad de un Congreso Internacional que se iba a dar en dos meses. Me levanté y arranqué la publicidad entera y, al llegar a la oficina, llamé a los números que allí aparecían para obtener más información. Parecía interesante y estaba dispuesto a hacerlo. Pero había un detalle: era en España. Creo que no hace falta contar las vicisitudes que sucedieron a esa llamada, lo importante es que sepan que dos meses después estaba montado en un avión, para presenciar el VII Congreso Internacional de Derecho Marítimo, en la ciudad de Barcelona.

Cuando pisé el aeropuerto Barajas, de Madrid, me sentí aliviado. No pude dormir en todo el vuelo por pensar en el océano que estaba atravesando, en Poseidón y en el poder que tenía, en cómo me burlaba de él al volar por encima de su inmenso mar, como un pájaro que sabe que no podrá ser alcanzado, como un halcón que sobrevuela la tormenta. Pero eso no me daba tranquilidad, porque sabía que en algún lugar de ese océano inmenso estaba Gala con él, estaban pedazos del amor de Amelia con ese otro hombre desconocido, y también estaban pedazos de mi hechizo. Al final, Poseidón había ganado. Del aeropuerto de Barajas tomé otro vuelo para llegar a Barcelona ese mismo día, así que no tuve oportunidad de conocer Madrid. No me importó. Era la primera vez que salía de Venezuela y todo me parecía nuevo y asombroso. En efecto, todo era nuevo y asombroso para mí.

El congreso transcurrió sin novedades significativas que relatar a los efectos de mi hechizo, pero lo que sucedió después fue importante. Me quedé en la ciudad una semana más, libre de todo compromiso. El primer día libre, me levanté muy temprano y fui a caminar a la Rambla, la calle más famosa de

Barcelona. Los catalanes la llaman *Les Rambles*, y va desde el puerto antiguo hasta la plaza de Cataluña, en el centro de la ciudad. Es larguísima y está llena de tienditas, kioscos, artistas, cafeterías y estatuas vivientes. Desde que había llegado, pasaba todos los días por ahí después del congreso, me parecía encantador ver las estatuas vivientes. ¿Cómo se les había ocurrido esa idea? ¡Qué ingenio! Los artistas se maquillaban, se ponían la ropa de lo que querían representar y se quedaban ahí parados, todo el día sin moverse, como maniquíes. Por ahí andaba caminando embelesado cuando vi a los gitanos. Era un grupo de unas veinte personas, estaban como celebrando algo; cantaban y bailaban muy alegres. Me los quedé viendo largo rato.

—¿Qué tanto miras? —sentí una voz. Me sobresalté. Giré la cabeza para ver quién era.

—La danza del vientre —apenas pude decir.

—¿Te gusta?

—Me atrae.

Me tomó de la mano y me llevó al centro del grupo. Todos aplaudían y ella empezó a bailar. No supe qué hacer, si correr al pozo, mirar al piso, sonreír, aplaudir… y bueno ¡ya saben! No hice nada, me quedé como las mismísimas estatuas vivientes. Si eso no era estar hechizado, entonces no sé qué sería.

Yo no sabía, pero los gitanos originalmente vienen del norte de India, de donde salieron hace aproximadamente 1500 años. ¡Increíble! Definitivamente, la migración no es algo nuevo, al contrario, forma parte del origen mismo de la humanidad; movernos de un lado a otro es algo que nos caracteriza.

Sounya, ese era su nombre. Qué mujer tan hermosa. Los gitanos son gente muy hermosa. No, no me refiero a esa belleza del interior, me refiero a que son bellos de belleza física, con rostros muy exóticos; y no, no estoy diciendo que no sean bellos internamente, al contrario, también tienen ese tipo de belleza. Yo, que soy admirador de la belleza, me quedé prendado de ella y de su gente. Me tengo que detener para hablarles del cabello. Es que no sé ni cómo explicarlo. Era un cabello negro larguísimo, abundante, brilloso, con ondas suaves, y ella hacía un gesto como si se lo fuera a recoger y lo retenía unos segundos mostrando su cuello y después lo dejaba caer, y yo me quedaba pasmado viendo aquel espectáculo de la naturaleza. Ese día y los siguientes me quedé con ellos en la Rambla, mientras los veía cantar y bailar, y pasábamos el tiempo juntos. Me llevó a su comunidad, me mostró su arte, su cultura y su activismo. Sí, señores y señoras, su activismo. Jamás había conocido a una activista que luchara por los derechos de su comunidad. Yo, Héctor, el abogado más joven del escritorio jurídico de la señora Esmeralda, el especialista en Derecho Marítimo, el que había atravesado el océano para participar en un congreso internacional, nunca había defendido a mi comunidad. Sounya, que no había terminado la secundaria, sí. Me habló de grupos minoritarios, de comunidades vulneradas, de discriminación, de la lucha para que se respetaran su cultura y sus tradiciones, y yo la escuchaba como quien escucha a una poetisa. Los gitanos son una comunidad muy cerrada, y que ella la abriera para mí fue un regalo del destino que entendería mucho tiempo después. Así transcurrieron esos últimos días en Barcelona; allí, ella hizo lo mejor que sabe hacer una mujer: abrirle la mente a un hombre. Cuando ya estaba listo para regresar a Caracas, mientras íbamos rumbo a la estación de trenes, me entró la duda… ¿Y si mejor me quedaba? ¿Y si mi futuro estaba en Barcelona al lado de Sounya?

—No perteneces —dijo ella de repente, como si estuviera leyendo mi mente.

—¿A qué te refieres? —pregunté, en tono nervioso.

—No perteneces aquí.

¿Sounya era igual que el moreno corpudo? ¿Leía la mente? No lo sabía, pero me quedé pensando en eso de la pertenencia. Yo quería pertenecer, a ella, a su comunidad, a su mundo, a su activismo. Ella me enseñó que, definitivamente, querer algo no significaba que tuvieras derecho a tenerlo y, lo más importante, que encajaras no significaba que pertenecieras. Sentí tristeza, me dolía dejarla allí en ese mundo no apto para ella, en esa ciudad llena de tantos turistas, de tanto orgullo arquitectónico por su Sagrada Familia, por su Casa Milà, por las maravillas de Gaudí y de Picasso, por el Parque Güell, por el mar Mediterráneo; pero no mostraban lo más bello que tenían: a Sounya. Sí, ella era lo más bello que tenía Barcelona, y estaba siendo ignorada, mientras luchaba por ser reconocida.

«Aquí es —pensé— aquí es donde soy príncipe en función, tengo que rescatar a Sounya». Estaba por subir al tren de Barcelona a Madrid para pasar la noche en la capital, porque al día siguiente salía mi vuelo a Caracas. Me paré en el medio de la estación, le tomé las manos, la miré a los ojos y le dije:

—Cásate conmigo… —ella no decía nada—. Nos casamos y te vienes conmigo a Venezuela…

Más silencio. Continué.

—Ven conmigo a Madrid. Tienes hasta mañana para pensarlo —dije finalmente, recogiendo la poca dignidad que me quedaba.

Me miró con tanto amor, había tanto amor en sus ojos que en un momento juré que me diría que sí. Pero no, dijo que no.

—Mi mundo pertenece aquí, Héctor, al Mediterráneo. Tengo una misión de vida y debo cumplirla. Además, tú eres payo.

—¡Maldito hechizo! ¿Y qué coño es un payo?

Me provocaba gritar, gritar duro y que todas las personas en la estación de trenes me escucharan, que las paredes retumbaran, que la gente se detuviera en seco y me prestara atención por un momento y, cuando tuviera toda la atención posible, gritar a todo pulmón: «¡Me las vas a pagar!». ¿Quién me las iba a pagar? No lo sé... Una misión de vida, ¡jum!, interesante.

Pero... si la habíamos pasado bien, había sido una semana de dicha, ¿acaso ella podía ignorar eso?, ¿acaso una semana no bastaba para enamorarse? Esa noche ni siquiera me provocó salir a conocer Madrid, me quedé dormido. Al día siguiente me fui y llegué a Venezuela con el corazón roto... nuevamente. Ustedes dirán que fue culpa mía, que nadie se enamora en una semana, quizá me juzgarán por haberle pedido matrimonio a Sounya en la estación de trenes. Pero, entonces, ¿qué pasa con eso de «el que no arriesga, ni gana ni pierde»? ¿Y eso de que el tiempo es una ilusión? ¿Para qué la gente dice frases que no tienen sentido?

Había pasado quince días en España y sentía que habían sido años. El escritorio jurídico había inaugurado nuevas oficinas y, cuando regresé, me enteré de que Amelia se había mudado para allá. No me importó, al contrario, le di gracias al universo porque no la tenía que ver más. Realmente no estaba de humor. Me dediqué al trabajo. Pasé ese año trabajando, trabajando muy duro y, cuando estaba solo en casa, cantando y cocinando. Esa vez no culpé a Poseidón, no culpé a nadie, en verdad, pero decidí que lo mejor era fundirme con la tierra y dejar al mar en paz. ¡La carne!

El cordero es un animal del grupo de las ovejas, con la particularidad de que tiene menos de un año y su carne es considerada por muchos como un manjar gastronómico. Creo que decir *manjar gastronómico* es redundante. Si digo manjar, se entiende que es gastronómico, ¿cierto? No creo que exista otro tipo de manjar. En fin, no me quiero desviar del tema. Lo cierto es que me dediqué a preparar costillas de cordero.

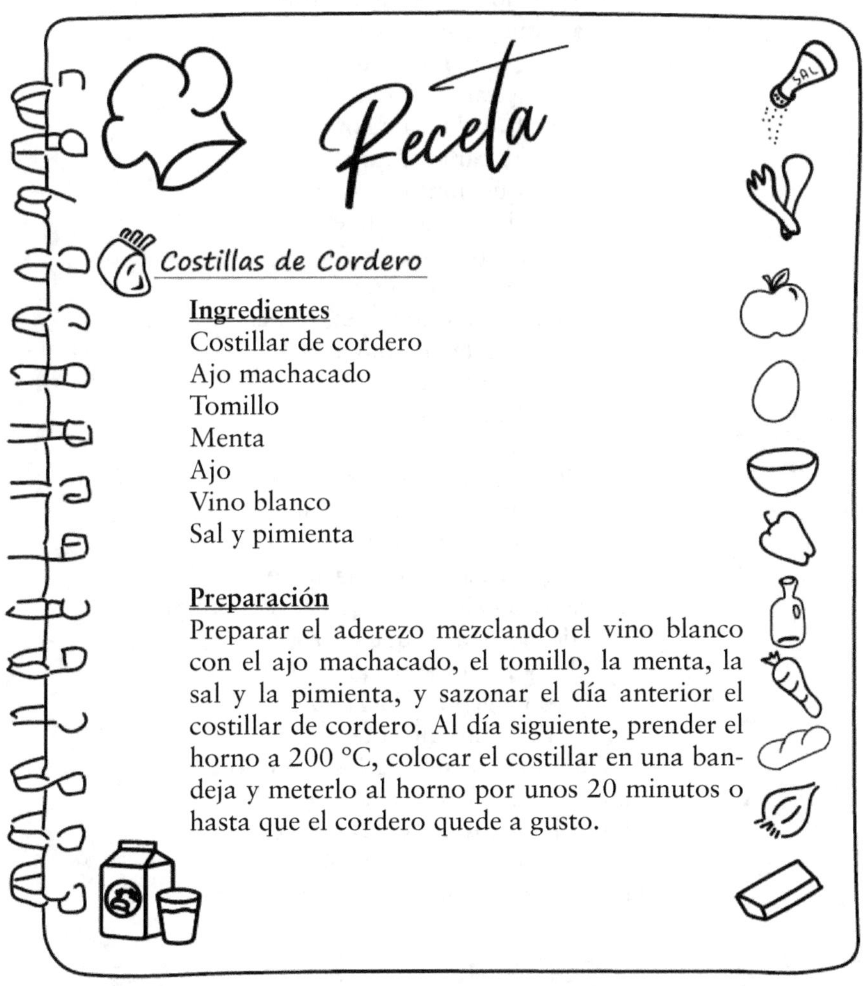

Gitana

Por si un día me muero
y tú lees este papel,
que sepas lo mucho que te quiero,
aunque no te vuelva a ver.
Gitana, gitana,
gitana, gitana.
Tu pelo, tu pelo,
tu cara, tu cara
Sé que nunca fuiste mía,
ni lo has sido, ni lo eres.
Pero, de mi corazón,
un pedacito tú tienes,
tú tienes, tú tienes, tú tienes, tú tienes.
Gitana, gitana,
gitana, gitana.
Tu pelo, tu pelo,
tu cara, tu cara.
Porque sabes que te quiero,
no trates de alabarme tú,
pues lo mismo que te quiero
soy capaz hasta de odiarte yo.
Y tengo celos del viento porque acaricia tu piel;
de la Luna, la que miras;
del Sol porque te calienta.
Yo tengo celos del agua
y del peinecito que a ti te peina.
Y por los celos, los celos, los celos,
a mí el corazón me arde, me arde.
Y por los celos, los celos, los celos,
a mí el corazón me arde, me arde.
Las palabras son de aire y van al aire.

Considero necesario profundizar sobre algunos acontecimientos de esa época. El año siguiente al congreso fue muy raro. Me concentré en el trabajo, es verdad, pero en otras cosas también. Miren, antes de que me juzguen, entiendan que no estaba viendo las cosas claramente y, bueno, busqué lo peor que puede existir para distraerse. ¡Exacto! Drogas. No fue mi culpa, realmente, fue culpa de Poseidón… otra vez. Sí, ya ustedes entenderán lo que les digo.

Ese año me hice por primera vez la carta astral. No la hice yo, obviamente, acudí a una astróloga, quien, apoyándose en toda su experiencia, leyó el mapa que trazaban los astros sobre mi vida. Recurrí a ella porque sabía que tenía que buscar medios alternativos, necesitaba buscar ayuda más avanzada, y qué más avanzado puede haber que estudiar los astros. Me hizo la carta astral y la revolución solar, porque, en sus propias palabras, era importante ver por dónde andaban los planetas transitando en ese momento. ¡Y lo que descubrimos! Resulta que ese año Neptuno tenía un aspecto muy fuerte, y este Neptuno estaba mal aspectado. No me explicó qué era lo que hacía que estuviera mal aspectado, pero sí me dijo que tuviera cuidado en caer en vicios o en situaciones nebulosas. También recuerdo que me explicó que era un tránsito de algunos años y que mejor buscara la manera de aniquilarlo. «¿Cómo?», le pregunté desesperado. «Viajando», me respondió ella. No entendí absolutamente nada.

Para la astrología, Neptuno es el planeta de la nubosidad, de la cortina de humo, del escape. Según me explicó la astróloga, Galileo Galilei lo vio por primera vez en 1612, pero lo confundió con una estrella. Nótese, *lo confundió*. Es que así es todo con Neptuno, hace confundir las cosas. Tuvieron que pasar siglos para que otro astrónomo lo descubriera, en 1846, según cálculos que había hecho un científico francés anteriormente. Pero, ¿a que no adivinan? El planeta Neptuno es llamado como tal en honor a Neptuno, dios de los mares. ¿Ya lo entienden? Es el mismísimo Poseidón, que en la mitología romana es conocido como Neptuno.

Las cosas sucedieron como sigue.

Empecé a darme cuenta de que me desesperaba por todo,

de que no tenía paciencia, ni siquiera para esperar audiencia en el tribunal. Cuando iba para Maracay, me desesperaba en la autopista porque quería llegar rápido; cuando iba a la oficina, me desesperaba en la cola del tráfico. Entonces opté por el metro, y eso tampoco me alivió. Era una necesidad de hacer las cosas rápidamente, pasar a lo siguiente, pero eso siguiente tampoco me satisfacía, entonces quería seguir a lo siguiente de lo siguiente, y así. Allí fue cuando empecé a comer carne cruda, tipo *carpaccio*, porque no tenía paciencia para cocinarla.

Un día cualquiera, salí de la oficina y me encontré con Alessio. La idea era ir a tomar algo y, luego, cada quien a su casa. Resultó y aconteció, señoras y señores, que nos encontramos en el sitio, por casualidad, con un viejo amigo de Maracay, quien a su vez estaba con un grupo de amigos y amigas. Alessio le comentó que se veía más relajado que la última vez que lo había visto, y este amigo en común respondió que estaba tomando marihuana medicinal y eso lo estaba manteniendo más relajado. Por supuesto, caí en la curiosidad.

—¿Marihuana medicinal? ¿Y eso es legal? —pregunté, aun sabiendo la respuesta.

—Qué importa si es legal o no —dijo el amigo en común.

—Y entonces, ¿qué es lo importante?

—El efecto, *my friend* —respondió, en spanglish, y continuó—: Verás, me relaja mucho, y eso no lo he conseguido con otra cosa, ni con el sexo.

—¿Y no te da miedo morir?

—¿Morir? ¿De qué hablas? Si quieres te regalo un poco y luego me cuentas.

—Mmm, no sé si me ayudará con mi situación.

—Y ¿cuál es tu situación, *my friend*?

—El desamor.

—¡Ah! En ese caso, tú necesitas otra cosa. Te veo en una semana, aquí mismo y a esta hora.

Se podrán imaginar ustedes el efecto que me produjo esa espera de una semana. Me picaba el cuerpo, estaba nervioso, no podía ni siquiera mantener conversaciones por más de un minuto. Menos mal que, para ese entonces, tenía asistentes que me ayudaban en el trabajo; de lo contrario, me hubiesen despedido. Una semana después, fui con Alessio al mismo sitio y a la misma hora. Cuando llegamos, ya estaba el encargado de darme aquello que, según él, me ayudaría en mi situación. Alessio no quiso participar en este intercambio, pero igual me acompañó. Entonces, el amigo en común me dio una pastilla muy pequeña de color blanco.

—Para tomártela, tienes que ir a un sitio donde haya mucha música —me susurró enigmáticamente.

—¿No puede ser en mi casa? —pregunté, pensando en que podía cocinar y cantar.

—No tiene sentido —sentenció.

Muchas veces, si el escape es mal inducido, produce un desastre. Esto fue exactamente lo que me sucedió. Esa pastillita blanca me producía momentos de euforia muy elevados y muchas ganas de conectar con otras personas. El problema era cuando pasaba el efecto. Empecé a experimentar por primera vez la depresión. Cuando me sentía de esa manera, me tomaba la pastilla y volvía al estado de euforia, y así sucesivamente. La depresión trae, a su vez, otros efectos colaterales, como ansiedad, aislamiento, falta de interés, falta de gozo, no disfrutar nada y querer siempre estar durmiendo. Yo estaba así. Era una melancolía permanente, me costaba mucho levantarme en las mañanas, no iba al gimnasio, no quería ir a los tribunales ni a la oficina, andaba siempre con la ropa arrugada y despeinado, ya ni siquiera cocinaba y mucho menos cantaba. Mis colegas empezaron a notar que algo andaba mal y lo adjudicaron al exceso de trabajo. La señora Esmeralda fue la que más se inquietó y, por supuesto, trató de buscarle soluciones al asunto. Pasaba que, como me quería aislar, utilizaba el trabajo como excusa. Cuando algún colega se acercaba a mi oficina para hablar, cuando me invitaban a almorzar o a tomar algo después de oficina, siempre decía lo mismo: «Tengo que leer unos expedientes». La señora Esmeralda sabía exactamente en qué casos trabajaba y en cuáles no, y supuso, naturalmente, que estaba teniendo clientes fuera del escritorio jurídico. Nada más alejado de la realidad. Como les había dicho, era una mujer muy conocida en los tribunales, así que sacó provecho de eso y pidió reporte en cada tribunal de los casos que yo llevaba, es decir, empezó a investigarme. Ya ustedes saben… el que busca encuentra.

Uno de esos días me invitó a almorzar con la excusa de ver a un cliente, cliente que nunca apareció. Después de que terminamos el almuerzo me dijo:

—Héctor, toma nota de lo que estoy por decirte, porque te servirá para toda la vida. —Saqué mi agenda y mi bolígrafo y me dispuse a anotar.— La vida es un absurdo y, por ningún motivo y bajo ninguna circunstancia, le busques explicación. Si lo haces, en ese mismo momento te perderás.

Yo no podía, de verdad, con tantos mensajes enigmáticos. ¿Perderme a dónde? Me acordé en ese instante de mi abuelo y del barco hechizado, del brujo corpudo, de los filósofos de la sospecha, de la astróloga que me había recomendado viajar para aniquilar a Neptuno; y ahora ella, la señora Esmeralda, me decía que la vida era absurda y que no le buscara explicación. ¿Que no le buscara explicación? ¿Me quería decir que la mayor parte de mi vida había sido en vano? Si lo único que había hecho era buscar explicaciones. Y no porque quisiera saber y ya, ¡no! Era porque quería solucionar, quería enmendar, quería resolver las cosas y también quería suplir mis debilidades biológicas. ¿Era eso malo? ¿Me iban a condenar por eso? Era injusto.

Le agradecí a la señora Esmeralda su consejo, pero, por primera vez en la vida, tuve el valor de decir que no entendía. Me dijo que estaba bien que no entendiera, me habló de *El mito de Sísifo*, de Albert Camus, y del concepto de lo absurdo. Luego me dio las instrucciones que cambiarían el rumbo de mi destino.

—De ahora en adelante, vas a trabajar desde la nueva oficina. Pero antes te tomarás quince días de vacaciones —dijo, mientras se tomaba el último sorbo de café y, como para cerrar la conversación, soltó una advertencia—: Si vuelves a introducir en tu organismo algún estupefaciente, narcótico, psicotrópico o alguna otra sustancia que limite, disminuya o altere tus capacidades intelectuales, estarás despedido.

Pagó la cuenta, se levantó de la mesa y se fue. Me dejó ahí sentado, como un tonto que, fuera de la amenaza, la cual había entendido muy bien, no había entendido nada más de la conversación.

¿El mito de Sísifo? ¿Albert Camus? ¿Por qué la señora Esmeralda me hacía esto? Me fui directo a las librerías del centro de Caracas, y busqué al autor mientras pensaba en lo ocurrido que, misteriosamente, me había hecho sentir liberado. Que la

señora Esmeralda descubriera mis andanzas fue, en definitiva, un golpe duro pero, a la larga, lo mejor que me podía ocurrir.

Albert Camus, en su libro *El mito de Sísifo*, comienza diciendo que no hay más que un problema filosófico verdaderamente serio: el suicidio. Y es que, para este escritor, la existencia humana no tiene sentido alguno, y no tiene sentido alguno juzgar si vale la pena vivirla o no. Ese absurdo no tiene por qué ser trágico; por lo tanto, al no ser trágico, merece ser vivido. ¡Brillante!

En esos quince días de vacaciones forzadas, me fui a Maracay. Nunca la realidad se me presentó tan retadora, mirándome de frente y golpeando mi halo neptuniano. Mientras estaba escapando de la vida, una de mis hermanas estaba viviendo el infierno en la Tierra. ¿Qué puede ser peor para una mujer enamorada? ¿Una traición o una agresión por parte del objeto de su amor? ¿Acaso no es lo mismo? Mi hermana estaba viviendo ambas, y su cuento de hadas era en realidad una película de terror. A lo mejor, ella también tenía tránsitos con Neptuno y por eso veía una realidad distorsionada; quizá, si hubiese viajado, todo habría cambiado, o quizá, si hubiese tenido al lado a la señora Esmeralda, ella habría arreglado el asunto. Lamentablemente, estaba a solas en esta.

El cuento es que se casó con un hombre mediocre, a quien se aferró como si fuera el último ser vivo de la especie *homo sapiens*. Él la embaucó, de la misma manera que hacen los políticos en época de elecciones: con promesas. Una vez ganadas las elecciones, se le olvidó lo prometido, y mi pobre hermana, pensando que podía ejercer su derecho a queja, cada vez que tenía oportunidad le reclamaba lo incumplido. Él, pensando que tenía derecho de propiedad sobre ella, ejercía dominio absoluto, usándola, disfrutándola y disponiendo de ella a su antojo. Eso incluía golpes de vez en cuando.

Es muy fuerte entender esto, pero verlo es peor. Mi hermana no quería denunciar a su esposo y, para excusarse de su inacción, decía que él realmente la amaba y que todo lo hacía por la familia. «Por el bien de mi familia, Héctor, no hagas nada», suplicaba. ¿Qué hubiesen hecho ustedes? Le conté a mi abuela lo que estaba ocurriendo, y ella, sin inmutarse y sin dejar de coser, me dijo: «Las peleas de pareja son de dos, tres están de más». ¿En serio? Eso no era un conflicto de parejas, era un asunto de Estado.

En Venezuela existe un marco legal protector muy definido respecto a la violencia de género. La Ley Orgánica sobre el Derecho de las Mujeres a una Vida Libre de Violencia define claramente diecinueve formas de violencia hacia las mujeres y, lo más importante, establece el procedimiento que se debe seguir. Yo no soy especialista en esta área, pero me bastó con ir, comprar la ley y leerla. No se requiere posgrado para eso. Reuní a mis hermanas en el salón de la casa, les dije que la ley me legitimaba a denunciar el hecho y que lo haría. Y así lo hice. En la oficina del Ministerio Público me explicaron que la mayoría de las veces las mujeres no denunciaban por «vergüenza social» y porque no confiaban en el sistema. Me agradecieron por haber puesto la denuncia y me advirtieron, además, de las probabilidades de que mi hermana no siguiera adelante con el procedimiento. Y así fue.

ANEXO

Lo absurdo y el suicidio[1]
Albert Camus

No hay más que un problema filosófico verdaderamente serio: el suicidio. Juzgar si la vida vale o no vale la pena de vivirla es responder a la pregunta fundamental de la filosofía. Las demás, si el mundo tiene tres dimensiones, si el espíritu tiene nueve o doce categorías, vienen a continuación. Se trata de juegos; primeramente, hay que responder. Y si es cierto, como pretende Nietzsche, que un filósofo, para ser estimable, debe predicar con el ejemplo, se advierte la importancia de esa respuesta, puesto que va a preceder al gesto definitivo. Se trata de evidencias perceptibles para el corazón, pero que se deben profundizar a fin de hacerlas claras para el espíritu.

Si me pregunto en qué puedo basarme para juzgar si tal cuestión es más apremiante que tal otra, respondo que en los actos a los que obligue.

Nunca vi morir a nadie por el argumento ontológico. Galileo, que defendía una verdad científica importante, abjuró de

---

1. CAMUS, A. (1995), El mito de Sísifo, Madrid: Alianza editorial, pp. 15-16.

ella con la mayor facilidad del mundo, cuando puso su vida en peligro. En cierto sentido, hizo bien. Aquella verdad no valía la hoguera. Es profundamente indiferente saber cuál gira alrededor del otro, si la tierra o el sol. Para decirlo todo, es una cuestión baladí. En cambio, veo que muchas personas mueren porque estiman que la vida no vale la pena de vivirla. Veo a otras que, paradójicamente, se hacen matar por las ideas o las ilusiones que les dan una razón para vivir (lo que se llama una razón para vivir es, al mismo tiempo, una excelente razón para morir). Opino, en consecuencia, que el sentido de la vida es la pregunta más apremiante. ¿Cómo contestarla? Con respecto a todos los problemas esenciales, y considero como tales a los que ponen en peligro la vida o los que decuplican el ansia de vivir, no hay probablemente sino dos métodos de pensamiento: el de Pero Grullo y el de Don Quijote. El equilibrio de evidencia y lirismo es lo único que puede permitirnos llegar al mismo tiempo a la emoción y a la claridad. Se concibe que, en un tema a la vez tan humilde y tan cargado de patetismo, la dialéctica sabia y clásica deba ceder el lugar, por lo tanto, a una actitud espiritual más modesta que procede a la vez del buen sentido y de la simpatía.

CAPÍTULO III

Incurable
Que no tiene cura

¡Hola, Amelia!

Cuando la vi de nuevo, estaba distinta, cambiada. Su altivez se había transformado en cercanía, aquel mensaje que ella emanaba de «ni te me acerques», esta vez, era un mensaje de «hola, ¿cómo has estado? ¿Todo bien?». Supongo que ser madre había hecho su trabajo. Qué poder tan transformador tiene la maternidad, es como la primavera. Nos hicimos amigos, de esos que hablan de todo un poco. Al principio, hablábamos ocasionalmente y siempre de temas de trabajo, luego empezamos a preguntarnos cosas más personales, como gustos, *hobbies*, cotidianidad, hasta que un día fuimos a almorzar juntos. Este almuerzo no fue algo espontáneo; las cosas sucedieron, más bien, torpemente. Amelia siempre se quedaba en la oficina en horas de almuerzo. El tema es que ella no llevaba nada, entonces nunca comía. En serio, yo nunca la había visto comer, pero tampoco le había prestado atención a ese detalle. En mi mente siempre estuvo la idea de que no era humana; entonces, que no comiera no me parecía algo extraño.

Pero al resto sí. Todos en la oficina comentaban este hecho y que, por consiguiente, en cualquier momento se iba a enfermar. La mente colectiva tiene mucha influencia sobre la individual, por lo que, al cabo de un tiempo, empecé a creer en lo mismo. Amelia se iba a enfermar y, obviamente, yo no quería eso. No quería que se enfermara, quería que comiera, quería prepararle costillas de cordero y que comiera muchas, muchas costillas, torres de costillas, y que luego se chupara los dedos.

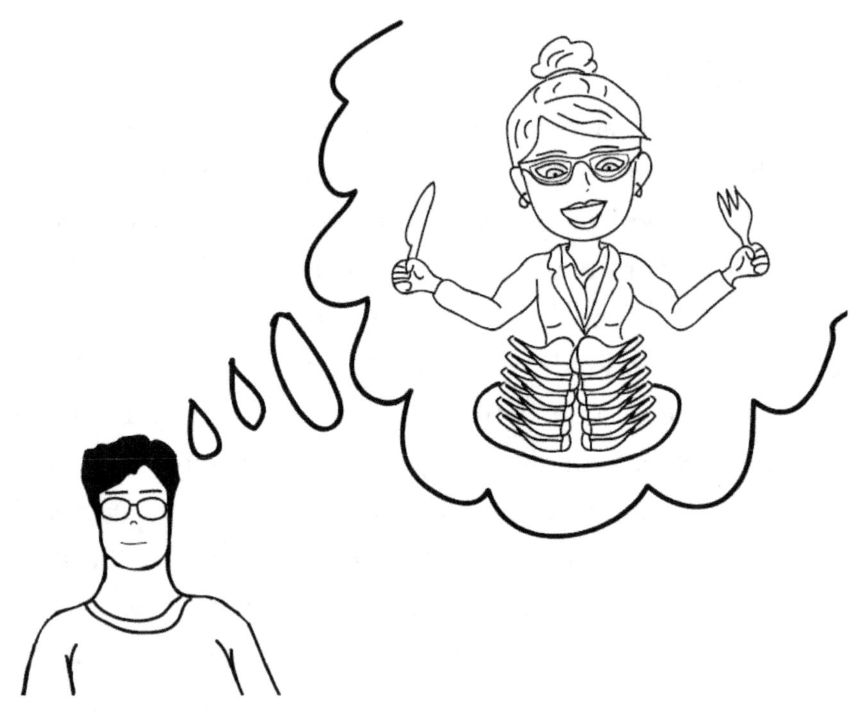

Entonces, a la señora Julia, la asistente de Amelia, se le ocurrió una idea. Una apuesta para ver quién se atrevía a invitar a su jefa a almorzar. Si ella decía que sí, se ganaba el premio. Nadie se atrevía a participar, así que me ofrecí de voluntario. En los días sucesivos, toda la oficina estaba a la expectativa, me hacían señas cada vez que ella pasaba cerca, «ahora, dile», me apuraban mientras señalaban a Amelia, y yo ahí paralizado sin decir nada. Fue una apuesta realmente tonta; fue tan mala idea que nunca le pedí nada y ella igual se enteró. Un desastre. A la semana siguiente, entró a mi oficina y me dijo:

—La próxima vez que quieras almorzar conmigo, me lo preguntas directamente, no tienes que hacer apuestas.

Sentí que moría lentamente, que mi corazón subía sus niveles rítmicos y que las palpitaciones se iban volviendo más y más rápidas. Me dio taquicardia. De verdad, me dio taquicardia. Me tuvieron que llevar a la sala de emergencias porque tuve, además, mareos y aturdimiento. Me sentí tan pero tan mal que me dieron días de reposo.

Ahora, ustedes se preguntarán qué tipo de hechizo es este, porque imagino que ya no tienen duda de que hay uno. Esos días de reposo me sirvieron mucho. Hacía poco más de un año que estaba en las nuevas oficinas, un año en el que había curado lo vivido en España, un año en el que Amelia se había convertido en mi amiga y, de repente, esto. Pero lo que no sabía era que mi vida estaba a punto de dar un vuelco. Mientras estaba de reposo, en un día maravilloso, un día de milagros y concesiones divinas, un día en que el universo se fijó en mí, pasó algo que cambió el destino de las cosas. Recibí unas flores. Eran unas gerberas amarillas y tenían una nota: *Igual vamos a almorzar juntos, así que vuelve pronto. Amelia.*

No me dio un paro cardíaco porque no estaba destinado a morir ese día. No sabía qué hacer, si reír, si llorar... ¿qué podía significar eso? ¿Era una muestra de amor? ¿De cariño? ¿De hermandad? ¿De compañerismo? ¿Qué era eso, Amelia? ¿Qué me tratabas de decir? Y tú, maldito hechizo, aléjate, ni se te ocurra aparecer por aquí. A la semana, estábamos almorzando en un restaurante italiano en Las Mercedes, de Caracas.

Si ese año había descubierto a una Amelia más cercana, en ese almuerzo descubrí a una Amelia mística, con una gran pasión por la numerología y la simbología. Me contó que su número era el diez, la combinación del uno, que representaba la unidad, y del cero, que representaba el infinito. Ese día también me dijo que su hija se llamaba Solángel, porque era un sol y un ángel al mismo tiempo. Me explicó que los ángeles eran seres inmateriales que no tenían maldad ni codicia, y que cada uno de nosotros teníamos uno en especial que nos cuidaba. No supe qué decir, no sabía que los números tuvieran significado y menos los nombres. ¡Wow, Amelia! Me impresionas. Y sí, claro que eres un diez.

Ese fin de semana fui a la iglesia. De rodillas, le pedí al Señor de los milagros, al Señor misericordioso y piadoso, al omnipresente, omnipotente y omnisciente, a aquel Señor que creó el día y la noche que perdonara mis pecados y que iluminara mi camino y me llevara hasta ella, que me llevara a los brazos de Amelia. Y el Señor me escuchó.

Después de ese almuerzo, vinieron muchos más. Yo llevaba comida a la oficina y almorzábamos juntos, también tomábamos café en las mañanas, y cada quien para su casa al final de la tarde. A veces, yo estaba en tribunales, pero me aseguraba de que le llegara su almuerzo, y ella tímidamente lo agradecía. Se había acostumbrado a comer. La señora Esmeralda veía todo desde la distancia, quizá con cautela de preguntar para no saber la respuesta que era tan evidente. Yo, Héctor de Maracay, una vez más, estaba enloquecido por Amelia de Caracas. ¿Y cómo no estarlo? La señora Esmeralda tenía que entender. Amelia era perfecta, y de verdad que no podía resistir a eso. La perfección. ¿Quién se puede resistir a ella?

Recordarán que para esa época ya Amelia era mamá; entonces, cada vez que la invitaba a un lugar fuera de oficina, decía que no podía ir porque no tenía con quién dejar a Solángel, su pequeña hija. En vez de parecerme frustrante, me enamoré más. ¡Qué perfección de ser! No te preocupes Amelia, será en otro momento. Un día me tocó hacer una inspección judicial; el caso no era mío, pero mi colega me pidió el favor de que lo sustituyera esa mañana. Era en un edificio viejo y abandonado y, cuando llegué, Amelia estaba allí. ¿Qué haces aquí, Amelia? ¿Por qué no estás en la oficina contando cosas?

Ella estaba distraída viendo por un balcón y yo me acerqué, tan lento como pude, con el corazón totalmente agitado, me paré frente a ella, y sin decir una sola palabra, la besé.

Hay varias maneras de besar a la persona deseada, pero en el primer beso hay que ser muy meticuloso, no hay que improvisar, y es mejor si es en las primeras horas de la mañana, así la persona tiene todo el día para pensar en eso. En cambio, si es en la noche, el sueño obviamente no deja pensar, entonces uno no se puede hacer historias en la cabeza. Luego, como tienes todo el día para pensar, es necesario que el beso sea inolvidable. Este consejo me lo dio Alessio y ahora yo se los doy a ustedes, porque me parece que es realmente útil. Para que el beso sea inolvidable es mejor que sea en uno solo de los labios, que sea suave y que por ningún motivo haya intercambio de lenguas. Después, lentamente te separas de ella o de él, lo miras a los ojos y lo abrazas. Es un tipo de beso que estimula los labios, no es invasivo, da seguridad y te crea la curiosidad para más. ¡Y bueno! A mí me resultó. Me resultó porque había practicado mucho y, ustedes saben, la práctica hace al maestro. Yo sabía que ese momento iba a llegar, lo estaba esperando ansiosamente y Alessio me había dicho que era mejor que ensayara, así fuera con una muñeca, porque él temía que yo lo fuese a dañar todo, precisamente en el primer beso y, si esto ocurría, iba ser el primero y el último. Y no queríamos eso.

Entonces, cuando la vi aquella mañana, en el edificio abandonado, supe que el día había llegado y que, si lo dañaba, sería juzgado por la eternidad en todos los grupos de féminas. No lo hice, y así, sin más, Amelia se hizo mi novia.

El noviazgo es un contrato verbal, bilateral, de tiempo indefinido, de tracto sucesivo, y cuya terminación puede darse por cualquiera de los siguientes infortunios: incumplimiento, muerte de alguna de las partes o firma de un nuevo contrato, denominado *matrimonio*. En el Derecho Civil hay una máxima: los contratos son ley entre las partes, *Pacta sunt servanda*, lo pactado obliga. El problema es que, cuando se perfecciona el contrato de noviazgo, que generalmente es en ese primer beso, las partes no han establecido aún los términos. Yo me había preparado para eso porque no quería ningún tipo de lagunas interpretativas con Amelia. Con ella no. Lo de María Carlota me había enseñado a no dejar nada en supuestos. Soy abogado, así que lo único que se me ocurrió fue hacer un contrato, dejando espacios en blanco para aquellas cláusulas que Amelia deseara incluir; ustedes saben que en pareja es mejor ser flexible y, como era un contrato, suponía la bilateralidad. Alessio me había dicho que ni se me ocurriera mostrárselo, que eso estaba mal, pero a mí me parecía buena idea, además de justa. Lo cargaba siempre en mi maletín de trabajo, por si acaso. Después del beso, de separarme lentamente de ella y de luego abrazarla, salí corriendo a buscar mi maletín, lo abrí y saqué el contrato de noviazgo. En ese momento llegó el tribunal para hacer la inspección judicial, así que cuando me volví a presentar delante de Amelia, estaba con el papel en la mano y todo un tribunal detrás de mí, incluido el juez.

En cuestión de segundos me vino el aturdimiento, me puse frío y me desmayé. Esos síntomas son de lo que se conoce en Venezuela como el yeyo, y este amerita tratamiento. Se suspendió la inspección judicial porque «al abogado de la contraparte le dio el yeyo», de acuerdo con lo que reza en las actas de ese día, y me llevaron al centro médico más cercano. Afortunadamente, el secretario del tribunal, que era un conocido y quizá cercano a lo que puede ser un amigo, recogió el contrato de noviazgo que había caído al piso. Le pareció que era de gran utilidad y decidió imprimir muchas copias y repartirlas entre los abogados y las abogadas. Ellas fueron quienes lo recibieron con mayor gratitud. El contrato se hizo tan popular, que casi era un requisito *sine qua non* firmarlo si querías establecer una relación amorosa con ellas. Así que, queridos lectores, si les ha tocado firmar algún contrato parecido, sepan que yo fui quien lo redactó. Hasta el día de hoy, en los tribunales me dicen «Héctor, el del contrato». Amelia nunca se enteró y creo que fue lo mejor, no estaba preparada para eso.

Y no hizo falta, nuestra relación surgió espontáneamente y se hizo evidente; luego de un tiempo ya era *vox populi*. Era su lacayo, hacía lo que ella quería, cuando ella quería y como ella quería, y todo el mundo lo sabía. Los fines de semana estaba con Solángel y, como no salía conmigo, yo tampoco lo hacía. Prefería quedarme en casa, porque quería estar con ella y con nadie más; me volví su sombra, su amuleto, su bastón, todo lo que un ser humano consciente de sus limitaciones puede llegar a ser para una diosa como Amelia. Trabajaba para ella, dormía para ella, respiraba para ella, y me sentía el hombre más afortunado de este mundo. Un día me dijo que no iba a tener más hijos porque Solángel no quería hermanos ni hermanas, y en ese mismo instante decidí, sin que nadie me lo pidiera, que no iba a ser papá. Entiendan algo, no me importaba la paternidad con tal de estar con ella y, si el precio era ese, estaba dispuesto a pagarlo. También me dediqué a escribirle cartas de amor.

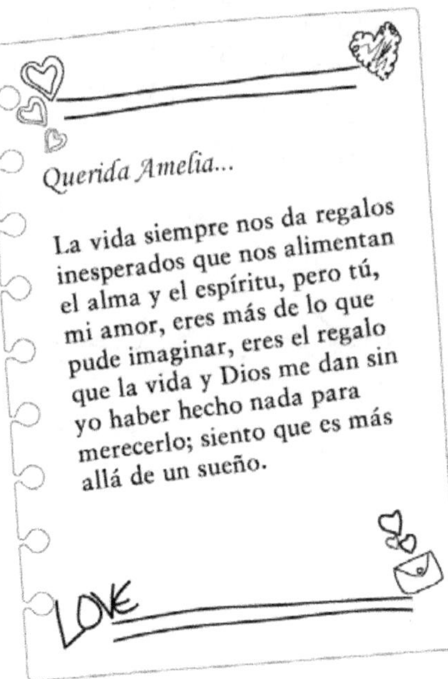

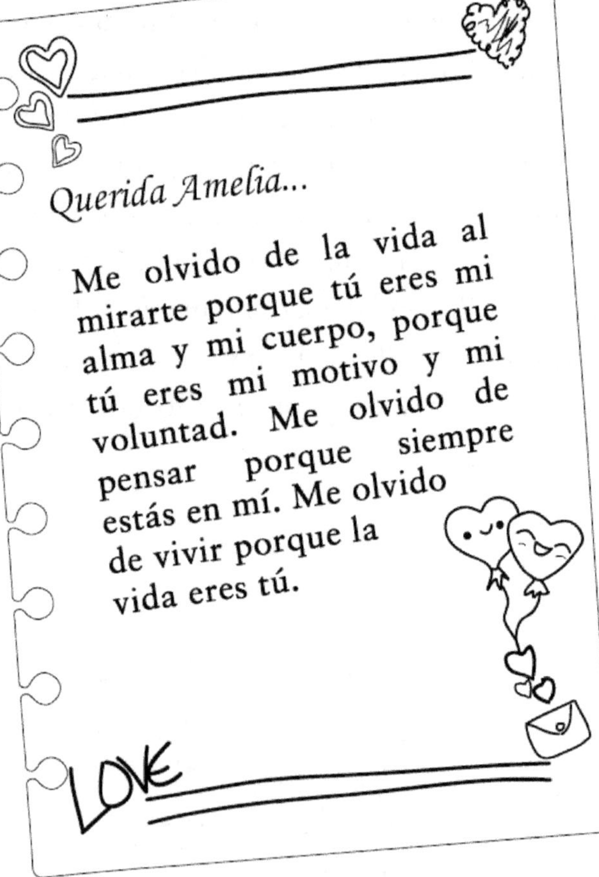
Querida Amelia...

Me olvido de la vida al mirarte porque tú eres mi alma y mi cuerpo, porque tú eres mi motivo y mi voluntad. Me olvido de pensar porque siempre estás en mí. Me olvido de vivir porque la vida eres tú.

LOVE

Querida Amelia...
Ni cerrando los ojos dejo de mirarte, ni en tu ausencia dejo de besarte, porque eres mi presencia, mi sonido y mi mundo.
LOVE

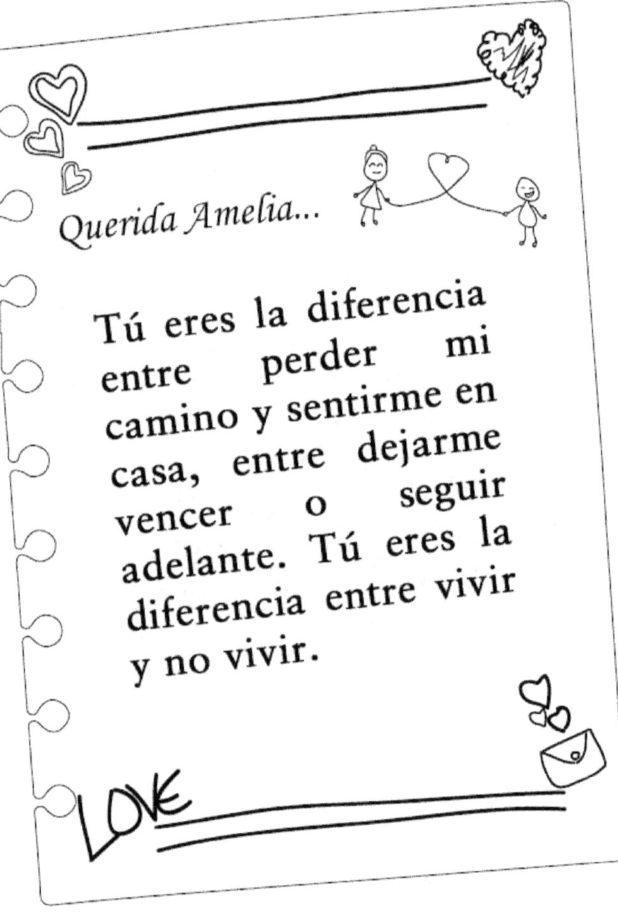

Con Amelia en mi vida, volvieron las ganas de cocinar. Y a eso me dediqué también. Pero ya casi no cantaba, no me hacía falta: la tenía a ella.

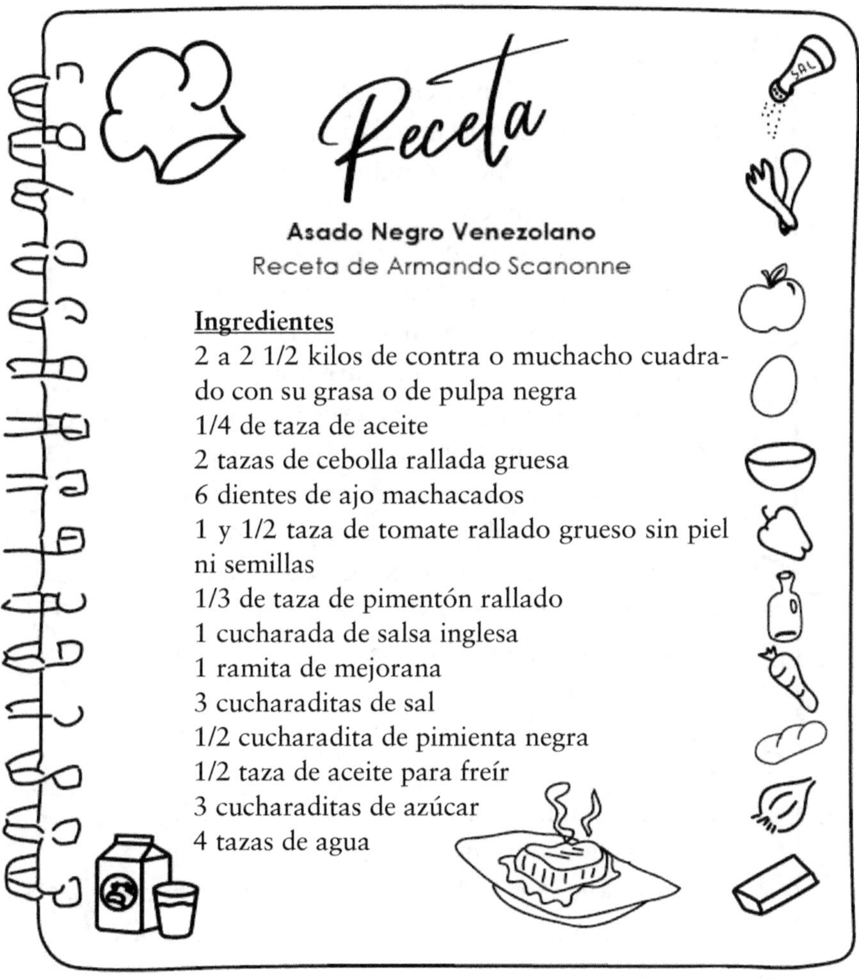

Asado Negro Venezolano
Receta de Armando Scanonne

<u>Ingredientes</u>
2 a 2 1/2 kilos de contra o muchacho cuadrado con su grasa o de pulpa negra
1/4 de taza de aceite
2 tazas de cebolla rallada gruesa
6 dientes de ajo machacados
1 y 1/2 taza de tomate rallado grueso sin piel ni semillas
1/3 de taza de pimentón rallado
1 cucharada de salsa inglesa
1 ramita de mejorana
3 cucharaditas de sal
1/2 cucharadita de pimienta negra
1/2 taza de aceite para freír
3 cucharaditas de azúcar
4 tazas de agua

Receta

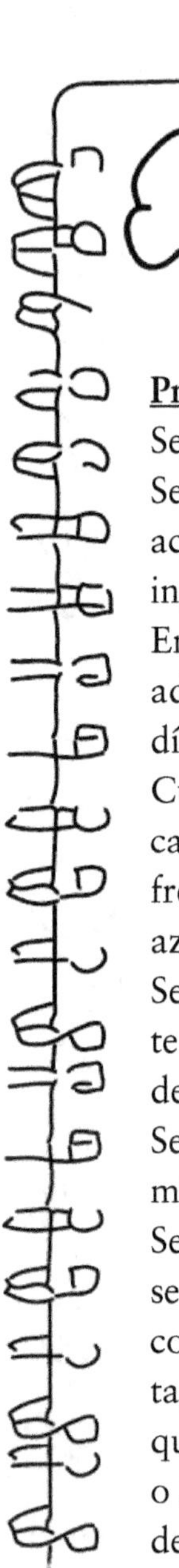

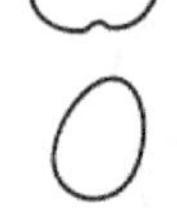

<u>Preparación</u>

Se limpia muy bien la carne, se deja la grasa.

Se prepara un adobo mezclando 1/4 de taza de aceite, cebolla, ajos, tomate, pimentón, salsa inglesa, sal y pimienta.

En un envase grande, se pone la carne con el adobo, se tapa y se deja en la nevera hasta el día siguiente. Se la da vuelta de vez en cuando. Cuando se va a preparar la carne, se pone en un caldero grande la otra 1/2 taza de aceite para freír y, en el centro y sin revolver, se agrega el azúcar y se cocina hasta que se ponga marrón. Se le quita el adobo a la carne y se pone aparte. La carne se pone en el caldero, se la da vuelta de vez en cuando para dorarla uniformemente. Se agrega el adobo, se tapa y se cocina por 15 minutos más.

Se le agregan las 4 tazas de agua, se revuelve, se lleva a hervor, se tapa y, a fuego fuerte, se cocina 10 minutos. Se pone a fuego medio y, tapado, se cocina por 2 1/2 o 3 horas o hasta que esté blanda. Se le agrega, si es necesario, 1 o 2 tazas más de agua y 1 o 2 cucharitas más de sal.

Se apaga el fuego, se le elimina el exceso de grasa y se cuela la salsa por un colador, apretando los sólidos con cuchara de madera. Se vuelven la salsa y la carne al caldero y se lleva a hervor antes de servir.

Seguía sin saber quién era el padre de la hija de Amelia. Nunca me lo había dicho y yo no preguntaba, pero lo cierto es que ese padre empezó a querer ejercer sus derechos paternales, lo que incluía un régimen de visitas. No sé qué tan difícil pueda ser para una madre soltera, que se ha encargado de todas las necesidades de su hija, que ha cumplido responsablemente con su rol de madre y al mismo tiempo de padre, ser requerida de buenas a primeras en régimen de visita por un padre que ha estado ausente. Amelia no quería dejar a Solángel los fines de semana con él, porque sentía que ese padre no conocía a su hija; para la niña, aquel hombre era un total y perfecto extraño. Se fueron a juicio.

No soy especialista en Derecho de Familia ni de convivencia familiar, por lo que me sentía frustrado de no poder representarla y, peor aún, porque quien iba a hacerlo era aquel abogado que siempre iba a la oficina a reunirse con la señora Esmeralda, aunque todas decían que en realidad iba a ver a Amelia. Empecé a sentir celos. Me daban porque pasaban horas y horas hablando por teléfono o reunidos a puerta cerrada. Me enfermé, sí, me enfermé de celos; me sentía mal porque los padecía y porque pensaba que eran injustificados. Consideraba que era injusto que Amelia estuviera pasando por lo que estaba pasando y yo, en vez de apoyarla, sufriera celos del abogado que la estaba representando en el caso. Además, no podía decirle que lo que me pasaba, me sentía condenado al silencio, a no poder decir nada porque sería juzgado por todo el colectivo de mujeres por el resto de mi penosa existencia.

Esta también es una de las razones por las que no utilizo mi nombre verdadero. No me lo han pedido, pero les voy a dar un consejo: nunca tomen una decisión basados en la venganza.

En algún momento, la vida les pasará factura.

Si tan solo hubiese estudiado Derecho de Familia, habría sido yo el abogado defensor de Amelia, y ese otro abogado usurpador sería el celoso, celoso de mí, de Héctor, por tener a Amelia y por defenderla ante la Justicia. Pero no, estaba atado a Poseidón y a su vasto mar y, para completar, ahora la vida me pasaba factura a través de los celos, esa enfermedad que carcome el alma.

Nunca antes los había experimentado y no sabía cómo manejarlos. Me volví iracundo, errático, inseguro, y sospechaba de todo, hasta llegué a pensar que Amelia me traicionaba. Dejé de ir a la oficina, me ausentaba por días porque no soportaba ver cómo ella pasaba horas y horas encerrada en su oficina con ese abogado petulante. Pude hacerlo también porque en esa época habían mermado los casos en Derecho Marítimo. Realmente estábamos en una etapa complicada en Venezuela, que quizá más adelante les cuente, porque ahora mismo no le veo relevancia a los fines del hechizo y la contra. Lo cierto es que tenía más tiempo libre de lo usual y, como de alguna manera tenía que drenar los celos, decidí que era el momento de hacer un curso de cocina.

Mi amigo Alessio me advirtió que no lo hiciera. Le expliqué que quería perfeccionar mis técnicas de cocina para prepararle exquisitos platos a Amelia, y demostrarle que yo también tenía recursos para apoyarla porque, si alguien come bien, puede soportar mejor las debacles de la vida. Él se negó rotundamente: le parecía la idea más tonta que jamás había escuchado. La teoría de Alessio era que yo estaba siendo muy pasivo y que en, ese momento, tenía que mostrar mi lado más activo porque Amelia necesitaba un hombre de verdad y no uno que anduviera jugando al *spa*. Me dijo que integrara más a Marte en mi vida, que hablara con la astróloga para que me explicara cómo, y que dejara de lado a Venus. Sugirió que eso de estar esperándola con comida caliente y velas encendidas no era lo que ella necesitaba; al contrario, me dijo que yo tenía que tomar el caso así no supiera y, en el camino, ir aprendiendo. También, que negara la entrada del otro abogado a las oficinas, que todos y todas supieran que el hombre de la casa era yo porque, según su teoría, la oficina representaba nuestra casa. Alessio me aseguró que, si hacía eso, Amelia caería rendida a mis pies porque, al final, toda mujer quiere a un hombre que tome al toro por los cuernos. ¿Dónde aprendiste tantas cosas, Alessio? Me aturdí, colapsé y me refugié en la poesía.

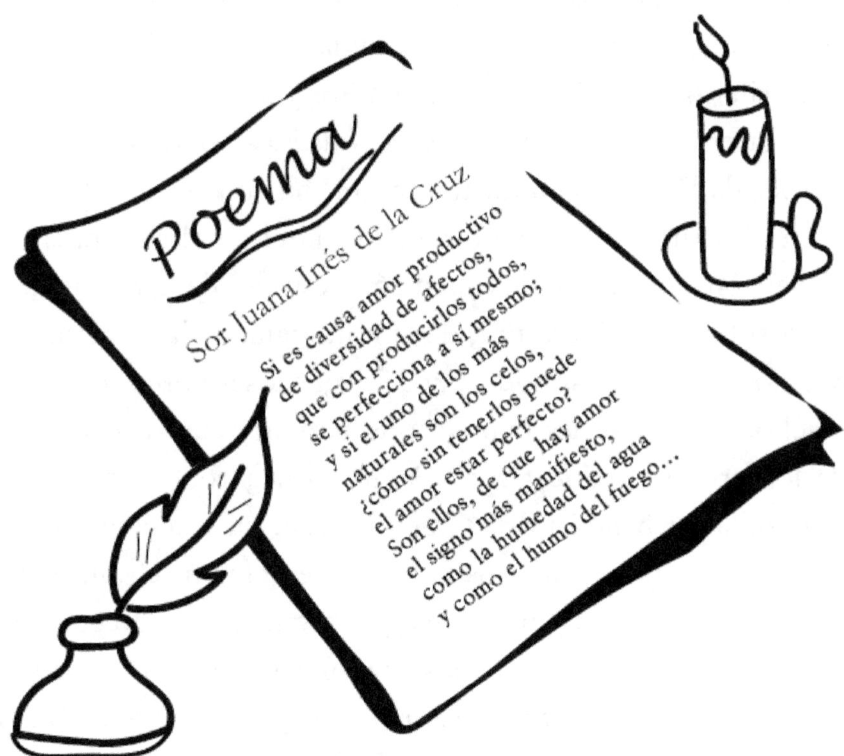

Sor Juana Inés de la Cruz fue una niña prodigio mexicana y, a mi entender, una de las mujeres más astutas que ha parido Latinoamérica. A los tres años sabía leer y escribir, y a los ocho ya había redactado su primera composición en versos, que los entendidos de la literatura denominan *loa*, por lo que fue considerada, como dije antes, una niña prodigio. Sor Juana Inés quería estudiar, pero en su época las mujeres tenían prohibido ir a la universidad y, aunque se disfrazó de hombre para poder lograr su cometido, no le resultó. Entonces se fue por la opción del convento. El tema es que, al parecer, ella no tenía vocación religiosa, pero aun así ingresó a la institución. ¿Por qué?, ¿por qué una mujer del siglo XVII preferiría el convento antes que el matrimonio? Según sus propias palabras: «Vivir sola... no tener ocupación alguna obligatoria que embarazase la libertad de mi estudio, ni rumor de comunidad que impidiese el sosegado silencio de mis libros». ¡Oh, Sor Juana Inés de la Cruz! Cuánta envidia produces. ¿Cómo fuiste capaz de burlarte de la sociedad? ¿Cómo pudiste ser tan ingeniosa? Sí, ella sabía que el matrimonio la separaría de su intelectualidad, mientras que el convento no. Así, se dedicó al estudio de la teología, de la filosofía, de la literatura, de la mitología, de la historia y de mucho más. Qué estúpido puede llegar a ser el *homo sapiens* macho. ¿Cómo se les ocurrió que podían apartar a la mujer de los procesos educativos? ¿Y cómo llegaron a pensar que eso podía ser beneficioso? Gracias a ella, me di cuenta de dos cosas. La primera, que los celos representaban el amor más profundo que sentía por Amelia; y la segunda, que no podía ser así de estúpido como aquellos hombres que no habían entendido la belleza intelectual de Sor Juana. Alessio no tenía razón, yo no podía prohibirle a Amelia que el abogado petulante la representara en el juicio.

Le escribí una carta.

Fueron días muy difíciles para Amelia, y yo estaba ahí, asegurándome de hacerle la vida un poco más fácil. Me había pedido espacio, y traté de dárselo en la medida que pude. Me inscribí en el curso de cocina para distraerme. Fue un curso corto de cocina italiana en el que aprendí cuestiones muy básicas, pero que después me sirvieron mucho. Cuando no iba a la oficina, pasaba el día preparando salsas y escuchando música dedicada a ella, a Amelia.

Più Bella Cosa

Com'è cominciata io non saprei
La storia infinita con te
Che sei diventata la mia lei
Di tutta una vita per me
Ci vuole passione con te
E un briciolo di pazzia
Ci vuole pensiero perciò
Lavoro di fantasia
Ricordi la volta che ti cantai
Fu subito un brivido sì
Ti dico una cosa se non la sai
Per me vale ancora così
Ci vuole passione con te
Non deve mancare mai
Ci vuole mestiere perché
Lavoro di cuore lo sai
Cantare d'amore non basta mai
Ne servirà di più
Per dirtelo ancora per dirti che
Più bella cosa non c'è
Più bella cosa di te
Unica come sei
Immensa quando vuoi
Grazie di esistere
Com'è che non passa con gli anni miei
La voglia infinita di te
Cos'è quel mistero che ancora sei
Che porto qui dentro di me
Saranno i momenti che ho
Quegli attimi che mi dai
Saranno parole però

¿Cómo sé cantar en italiano? Alessio me enseñó. Siempre discutíamos acerca de qué idioma era más bonito, si el italiano, el español o el árabe. Llegamos a un acuerdo: fonéticamente, el italiano era el más bonito, todo en italiano suena más seductor, por lo que acordamos que, si íbamos a dedicarle a alguien una canción de amor, lo haríamos en italiano. Luego, el árabe era más estético en su escritura, más artístico, por lo cual, si nos tatuábamos algo en la piel, sería en árabe; y el español concluimos que era el más útil, al menos para nosotros. Como yo me sentía totalmente flechado por Cupido, escuchaba canciones en italiano, y todas se las dedicaba al objeto de mi amor: Amelia del *cuore*.

Cuando terminó el juicio, ella estaba exhausta y entonces comenzaron los viajes. Viajar te hace ver las cosas diferentes: conoces culturas, otros puntos de vista, que poco a poco van mermando el tuyo hasta que lo transforman. Fue con ella con quien volví a Europa. Pero fue diferente. Recorrimos el viejo continente, no en un solo viaje, sino en muchos. Cada vez que teníamos tiempo, íbamos a Europa, mientras Solángel se quedaba con su padre para reconstruir lazos. Narrar todos esos viajes no tendría sentido porque fueron muchos y pasaron muchas cosas; sin embargo, les hablaré de uno en particular: Praga.

Llegamos a Praga en tren desde Viena. Habíamos ido a Austria, en principio, porque Amelia sentía la necesidad de reconectarse con sus ancestros. Sí, sus ancestros eran austríacos. ¡Ya lo saben! Este detalle es interesante si analizan todo el caso desde el punto de vista de las constelaciones familiares y, si llegan a una conclusión o a un descubrimiento importante a los fines de la contra, tienen que buscar la manera de hacérmelo llegar. ¡Es importante! En Viena visitamos el Palacio de Schönbrunn, tan bello como trágico, hogar de la emperatriz Sissi, madre de aquel archiduque que se suicidó por un pacto de amor. Allí me enteré de cosas que, bueno, ¡pobre Sissi! Se casó con el emperador Francisco José, tuvieron tres hijas y un hijo. El hijo se suicidó por el pacto de amor, las hijas no podían reinar, y el sucesor pasó a ser el sobrino Francisco Fernando, a quien mataron, ¿recuerdan? Ese asesinato fue lo que originó la Primera Guerra Mundial, y sus cuñados, hermanos del emperador, tuvieron todos vidas trágicas. Uno fue fusilado en México, el segundo murió de tifus y el otro fue exiliado por tener relaciones homosexuales con un menor. Ella misma tuvo una muerte trágica. ¡Increíble! ¿De allí vienes tú, Amelia? ¿De ese imperio tan bello como trágico? En ese viaje entendí muchas cosas. Miren, si Amelia fuese una ciudad, sería Viena: clásica, imperial y con un pasado trágico.

Nota: Un melómano es una persona amante de la música, así como yo. Si tú, querido lector o lectora, te consideras melómano/a, prométeme que irás a Viena.

Praga está embrujada; se dice que es la ciudad más embrujada de toda Europa. Lo sé porque cuando estábamos allá hicimos el tour de los embrujos, y nuestro guía turístico no solo nos enseñó los lugares embrujados, sino que además nos contó muchas historias aterradoras. Esto me llamó mucho la atención, porque quería decir que había otras ciudades de Europa que también estaban embrujadas y yo, pues, las quería conocer a todas. Praga está llena de misticismo, de historias encantadas y de fantasmas que deambulan a media noche; así no sepas nada de embrujos y de hechizos, por algún motivo su arquitectura te da un abreboca de lo que esconde la ciudad. Fue muy revelador descubrir que también las ciudades , sobre todo, que pueden seguir viviendo, que pueden seguir existiendo a pesar de eso. Praga es una ciudad intrigante y misteriosa, llena de simbologías y de magia.

Un número capicúa es aquel que se lee idéntico, tanto de derecha a izquierda como de izquierda a derecha. Esto, además, se puede dar con palabras o frases, y se las denomina palíndromos. Mi palíndromo favorito es arepera. Un capicúa, como ustedes se podrán imaginar, representa mucho misticismo, y en muchas culturas se lo ha impregnado de un toque de buena suerte. Por ejemplo, cuando se mira la hora y son las 11:11, es muy común pedir deseos, porque es considerada una hora mágica, que representa la concentración de toda la energía del universo. Esto no es nuevo. De hecho, según la leyenda, también lo creía Carlos IV de Luxemburgo, rey de Bohemia y emperador del Sacro Imperio Romano, quien pidió asesoría de astrólogos para la construcción del famoso Puente de Carlos en la ciudad de Praga. Ellos buscaron la hora y la fecha exacta que diera un número capicúa para colocar la primera piedra. Carlos IV había mandado a construir un puente que aguantara mil años, porque el anterior, el puente Judith, había sucumbido ante un desastre natural. Ahí fue cuando los astrólogos entraron en acción y utilizaron todos sus conocimientos del mundo y del cosmos para determinar el número capicúa que ayudaría a mantener el puente por muchos años. Fue así como, en el 1357, el 9 de julio, a las 05:31 (135797531), se estaba colocando la primera piedra del puente, lo que dio inicio a su construcción, que duró sesenta y cinco años, aproximadamente. Y sí, son varios los siglos en los que el puente se ha mantenido. ¡Ay, Praga! Tú también te apoyaste en los astrólogos.

Hay otra leyenda, un poco más cruel. El Reloj Astronómico de Praga se encuentra en la ciudad vieja, en la pared del ayuntamiento. Es absolutamente hermoso e intrigante. Indica la hora, la posición del sol y de la luna, muestra las figuras de los doce apóstoles y tiene un calendario con los meses del año. Varias figuras lo rodean; estas representan la muerte, la avaricia, la lujuria y la vanidad. La figura de la muerte es un esqueleto que tiene en sus manos un reloj de arena, que indica que toda muerte llegará; la lujuria tiene en sus manos un instrumento musical, la mandolina; la avaricia está representada por un comerciante con su bolsa, y la vanidad tiene en sus manos un espejo. De todas, la figura de la vanidad me causó impresión porque, cuando le toca moverse, se mira en el espejo. Yo les pregunto, ¿qué creen que mira? Supongo que su belleza, porque alguien que está mirándose al espejo todo el tiempo mira lo bello que es, ¿no? A eso se le ha denominado *vanidad*. Honestamente, me parece algo injusto con la belleza, ya que considero que merece ser vista a cada hora, ¿no creen? La belleza produce placer, no cabe duda, y los *homo sapiens* vivimos para la búsqueda del placer. Si tengo un cuadro hermoso en mis manos y lo quiero ver a cada hora, ¿eso me convierte en una persona pecadora? Si yo, Héctor, que me encanta escuchar música, encontrara una canción hermosa, la más hermosa jamás escrita y compuesta, y la quisiera escuchar a cada rato, a cada hora, ¿eso me haría un pecador? Entonces, si alguien considera que su rostro es bello, ¿por qué ha de considerarse vanidoso el hecho de que lo admire? Creo que la humanidad ha cometido una injusticia con la belleza, y también con ese hombre con el espejo en la mano que representa la vanidad en el Reloj Astronómico de Praga. Si miramos muy de cerca, tenemos a una figura de la vanidad que a cada hora se mira en el espejo, y a la tierra como centro del universo. ¿Y no somos realmente el centro del universo, de nuestro universo? ¿No gira el mundo alrededor de nosotros? Es más, ¿no gira el mundo alrededor de la belleza? La figura debería ser el mundo en una mano y el espejo en la otra, y que cada hora el mundo se mirara en el espejo. Quizás, a veces, el mundo vería belleza, aquella que nos da placer, y otras, quizá, vería fealdad. Sí, la fealdad, aquella que nos causa miedo y repugnancia al mismo tiempo. La verdad es que me gustaría saber qué piensan ustedes, quizá deba encontrar una manera de que podamos intercambiar teorías, ideas, conocimientos. Seguramente, ustedes saben cosas que yo desconozco y, además, quiero saber qué piensan de la belleza y de la vanidad. En estos días voy a pensar en una solución, a lo mejor podamos intercambiarnos cartas, por ejemplo. ¡Bueno!, ya les diré, una vez que tenga la solución, si es que la llego a tener.

Una tarde, estábamos caminando por la ciudad vieja de Praga y lo vi: el café donde Franz Kafka pasaba sus tardes. ¡Franz Kafka! Por supuesto, allí nos sentamos largo rato, y Amelia aprovechó para contactar con la oficina y ponerse al día con las menudencias; yo, en cambio, me puse a pensar en el escritor y en su historia. Él era abogado y trabajaba en una compañía de seguros, pero al salir de su trabajo se dedicaba a escribir. Hoy en día es considerado uno de los escritores más influyentes de la literatura universal. Él era consciente de su sensibilidad, no la ocultaba; al contrario, se la hacía saber a las personas de su entorno a través de sus cartas, que era la mejor manera que tenía para comunicarse. En algunos períodos de su vida, tuvo la intención de casarse, pero nunca lo concretó. En sus diarios se hace cuestionamientos sobre la vida y el matrimonio. Mientras estaba sentado en ese café y Amelia hablaba con la señora Esmeralda por teléfono, me puse a buscar la respuesta a por qué nunca se había casado, y así encontré en internet este fragmento de uno de sus diarios.

> Había obstáculos concretos. El más importante de ellos es que soy intelectualmente inepto para el matrimonio. Esto se manifiesta en el hecho de que, a partir del momento en que decido casarme, ya no puedo dormir, me arde la cabeza día y noche, mi vida no es vida; ando tambaleándome presa de la desesperación. Las causas de todo ello no son las preocupaciones propias de mi temperamento melancólico ni las inherentes a mi pedantería… Es la presión generalizada del miedo, de la debilidad, del desprecio a mí mismo.

¡Qué tormento el de Kafka! El pobre, sin embargo, no fue tan habilidoso como Sor Juana Inés de La Cruz, quien nunca quiso someterse a los avatares que produciría un compromiso matrimonial; al contrario, él lo hizo tres veces, aunque con la claridad suficiente para no llegarlos a concretar. Creo que, en el fondo, fue un verdadero acto de amor para con ellas. ¡No me malinterpreten, por favor!, no piensen que no creo en el matrimonio. Sí pienso, en cambio, que las personas deben reconocer cuando, como Kafka, tienen obstáculos concretos que los hacen ineptos para ello, y es deber de la sociedad, especialmente de las tías, dejarlas en paz y no ejercer ningún tipo de presión, ni en los cumpleaños, ni en los bautizos, y mucho menos en los funerales. De hacerlo, podrían provocar verdaderas desgracias.

Kafka era un tipo muy complejo pero muy simple a la vez. Trabajaba solo para pagar las cuentas, en un trabajo que ni siquiera le gustaba, pero no lo ocultaba, lo decía abiertamente; no pretendía. Kafka no pretendía. Él no pretendía ser el abogado exitoso que toma al toro por los cuernos, ¡no! No pretendía, él era lo que era: un ser melancólico, hipocondríaco, sensible, tímido, callado, de contextura débil y vegetariano, cosa sumamente extraña en los años veinte, y lo único que hacía para conquistar a una mujer era escribirle cartas. Y así, se comprometió tres veces, ¡tres veces!, dos de ellas con la misma mujer. ¿Por qué entonces Alessio me decía que yo tenía que ser más varonil? ¿Acaso esa virilidad le hizo falta a Kafka?

En esos pensamientos andaba cuando Amelia pidió la cuenta. Supuse que ya nos íbamos del café. Como ella había escuchado las historias de los embrujos de Praga, pensé que sería buena idea contarle del hechizo; quizá ya estuviera preparada para una verdad tan ensordecedora, una verdad que le iba a permitir comprender muchas cosas.

—¿Qué te parecen las historias de Praga?

—¿Qué historias?

—Las de los embrujos.

—Mitos —dijo ella, sin darles importancia alguna.

¿Qué creen ustedes que hice? Guardé mi secreto. Ella no estaba lista para conocer la verdad. Es por eso que el viaje a Praga fue tan importante, porque pudo haber sido y no fue, porque, si hubiera revelado el hechizo en ese momento, quizá también se habría revelado la contra; así como cuando la princesa besa al sapo y lo libera del hechizo de la bruja malvada. Pero no, no sucedió así. Puede ser también que Amelia no hubiera entendido bien las historias que nos habían contado en Praga, y por eso pensara que eran mitos. Ella era muy distraída para ciertas cosas y, además, siempre que estábamos de viaje, ella pasaba más tiempo hablando por teléfono que conmigo. Desconectarla del teléfono o de sus pensamientos era una tarea titánica, y yo me esmeraba, me esmeraba mucho, era como una meta de vida. Sin embargo, no siempre lo conseguía y, quizás, ese día que nos contaron las historias de Praga, no haya sabido cómo hacer para que ella escuchara. Cosas del hechizo, pienso. Yo era una persona hechizada que no lograba que su amor escuchara las historias de una ciudad hechizada; por tal motivo, no conseguía que ella entendiera y dejara de pensar que eran mitos. Entonces, yo no podía revelarle que también estaba hechizado y que no podía liberarme. Me parece muy lógico esto. Sin embargo, debo decirles que, después de ese viaje, algo había cambiado, había algo distinto; entender a Praga me hizo cambiar la manera en que veía la vida y cómo me veía a mí mismo. ¿Por qué? Simple: Praga no escondía su embrujo, al contrario, se esforzaba por mostrarlo, al igual que Kafka. ¡Oh, Praga! Me tengo que parecer más a ti.

Tan pronto como regresamos a Caracas, volvimos a nuestra cotidianidad. Amelia se dividía entre la oficina, sus deberes como mamá, y yo; y todo lo hacía maravillosamente bien. Yo me dividía entre la oficina y Amelia, y era un caos. Miren, es importante que sepan que carezco de talento alguno para la vida cotidiana, y es exactamente en lo que Amelia se destaca.

La cotidianidad se me es ajena y me aburre un poco, aunque ahora me adapto increíblemente bien y la cumplo casi al pie de la letra. Esto solo es posible gracias a ella, a Amelia. Ella es la reina del hábito cumplido, ella podría escribir un libro tipo: *Cinco pasos para crear un hábito*, o *Cómo organizar tu día minuto a minuto*. Si lo hace, le auguro un éxito rotundo y, además, ayudaría a mucha gente, así como me ayudó a mí. Amelia me enseñó. Me enseñó a poner las llaves de la casa en el mismo lugar para que no las perdiera; me enseñó a llegar puntual al tribunal, aunque hasta el juez se retrasara; me enseñó a no pactar reuniones en horas en las que el tráfico de Caracas hiciera imposible que llegara a tiempo; y así, poco a poco, me fui convirtiendo en ella. Héctor de Amelia, ¡y yo tan feliz! Y, aunque la relación en general iba bien (pero en verdad no), realmente no me importaba. Había una parte de mí que muy sutilmente me susurraba al oído que las cosas no eran tan perfectas como yo las veía, pero ese susurro era casi imperceptible; las ganas de tener a Amelia a mi lado hablaban tan alto que yo no escuchaba más nada. También pasaba que, aun habiendo escuchado ese susurro, no me importaba, la verdad. Yo quería estar con ella, y eso significaba que ya no había hechizos, que ya no había Dios alguno que pudiera burlarse de mí, y que la vida continuaría así, alejada del caos y sumida en el orden de Amelia.

En Venezuela, la situación no había mejorado, pero tampoco estaba tan mal. Realmente no nos imaginábamos lo mal que se pondría después, lo catastrófico que sería vivir en aquel país conocido como uno de los más felices del mundo. Empecé a tomar más casos para el escritorio jurídico. Tampoco eran muchos, pero sí los suficientes para mantenerme ocupado durante el día, desocuparme temprano a la tarde, y poder cocinar por la noche. Mientras estuvimos en Viena, aprendí a cocinar *Wiener Schitzel*, que no es otra cosa que el escalope vienés, uno de los platos más famosos de la cocina austríaca, y que consiste en el ancestral arte de empanar la carne.

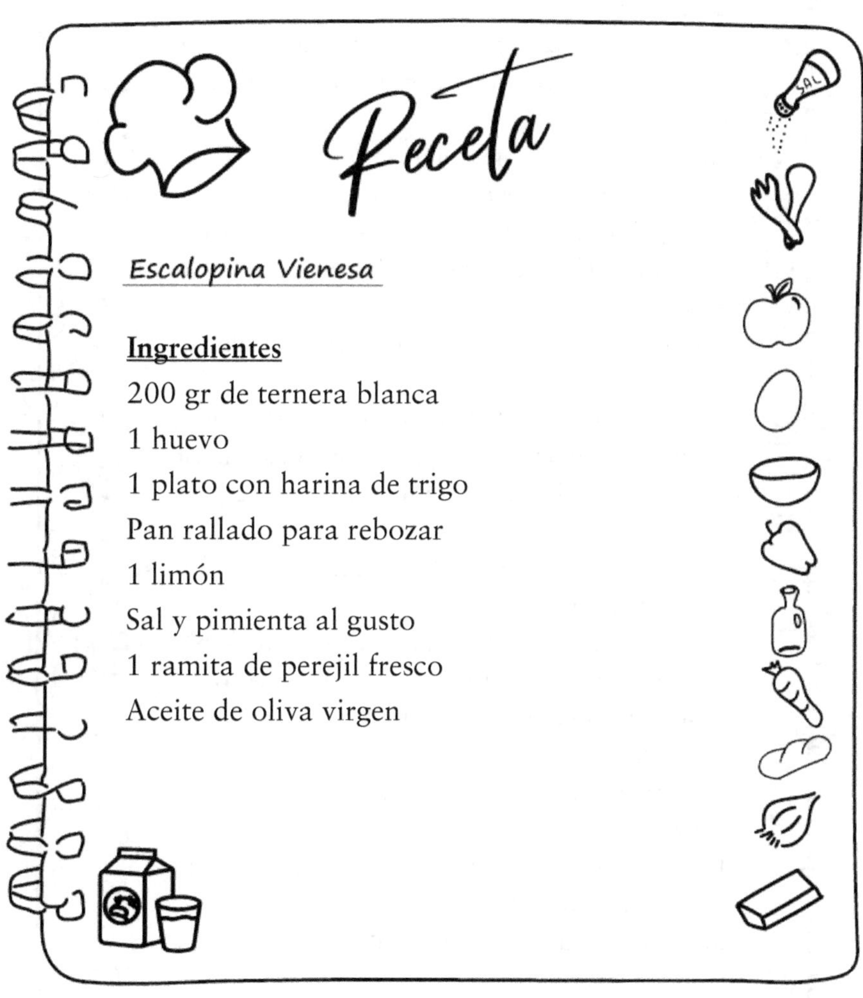

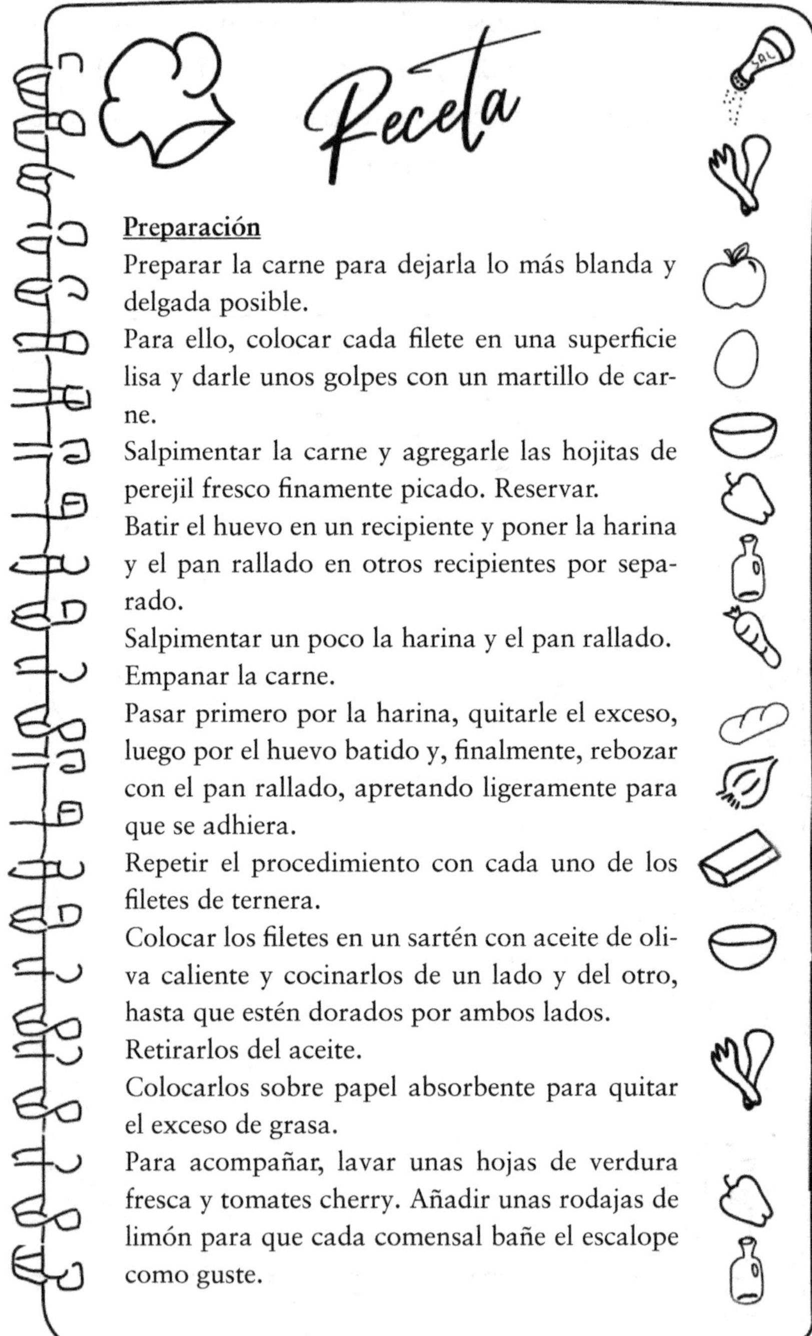

Receta

Preparación

Preparar la carne para dejarla lo más blanda y delgada posible.

Para ello, colocar cada filete en una superficie lisa y darle unos golpes con un martillo de carne.

Salpimentar la carne y agregarle las hojitas de perejil fresco finamente picado. Reservar.

Batir el huevo en un recipiente y poner la harina y el pan rallado en otros recipientes por separado.

Salpimentar un poco la harina y el pan rallado. Empanar la carne.

Pasar primero por la harina, quitarle el exceso, luego por el huevo batido y, finalmente, rebozar con el pan rallado, apretando ligeramente para que se adhiera.

Repetir el procedimiento con cada uno de los filetes de ternera.

Colocar los filetes en un sartén con aceite de oliva caliente y cocinarlos de un lado y del otro, hasta que estén dorados por ambos lados.

Retirarlos del aceite.

Colocarlos sobre papel absorbente para quitar el exceso de grasa.

Para acompañar, lavar unas hojas de verdura fresca y tomates cherry. Añadir unas rodajas de limón para que cada comensal bañe el escalope como guste.

Mientras cocinaba, cantaba a todo pulmón una hermosa canción que había escuchado en la voz de Soledad Bravo y que me recordaba a Amelia y a aquella mirada suya. Era una canción que se había hecho famosa en Venezuela gracias a una telenovela que mis hermanas y yo veíamos, *Ka Ina*, y que estaba basada en una leyenda del pueblo indígena Yanomami. Mis hermanas siempre querían interpretar a los personajes de las telenovelas y, con *Ka Ina*, la puesta en escena se intensificó. Todas querían ser Maniña Yerichana, un personaje hija de una princesa yanomami, y que no recuerdo por qué fue abandonada al nacer, criada por jaguares en su primer año de vida y después encontrada por un chamán. Ellas se vestían como Maniña y, por supuesto, me ponían a mí de Tacupae, su fiel servidor. Ahora que les narro esta historia caigo en cuenta de que siempre he sido un fiel servidor de las mujeres; probablemente eso sea parte del hechizo.

Las miradas de tus ojos son tan sutiles

que penetran en el alma de quien los mire,

y, como soles, irresistibles son sus destellos,

que no puede uno mirarse, mirarse en ellos.

Que no puede uno mirarse, mirarse en ellos.

Las miradas de tus ojos son tan sutiles

que penetran en el alma de quien los mire,

y como soles irresistibles son sus destellos,

que no puede uno mirarse, mirarse en ellos.

Que no puede uno mirarse, mirarse en ellos.

Y, como sabes que tus miradas tienen hechizo,

miras con imprudencia y maleficio.

Ay, no me mires a los ojos, porque no quiero

que tu mirada penetrante me deje ciego.

Que tu mirada penetrante me deje ciego.

La importancia de la cotidianidad es que te va cambiando la vida poco a poco sin darte cuenta, lo que haces día a día tiene un efecto en el futuro, sin lugar a dudas. Además, al vivir de este modo, no te genera grandes expectativas de cosas que puedan suceder, así que, cuando suceden, las recibes con gran alboroto, sean para bien o para mal. Así andaba yo por aquel entonces, hasta que un día, un día de esos cotidianos que te cambian la vida, Alessio me puso la semilla en la cabeza.

—Pídele matrimonio a Amelia, no entiendo qué estás esperando.

—¿Matrimonio?

—Sí, matrimonio.

—Pero… ¿tú estás seguro? ¿Y si me dice que no? Yo ni siquiera conozco a su hija, y ella no conoce a mi familia y, cuando la gente se casa, se convierten todos en una familia grande.

—¿Y?

—¿Cómo que «y»? ¡No nos conocemos! ¿Cómo, entonces, vamos a convertirnos en una familia grande?

—Pues ya se conocerán y, si no, es hasta mejor.

—¿Mejor? Qué decepción si te escuchara tu *nonna*.

—Mi *nonna* sabe que los tiempos han cambiado, y que esto no es Sicilia ni Palestina… Esto es Caracas, amigo mío, en pleno siglo veintiuno.

—¿Estás seguro?

—Héctor, ¿a quién le importa la seguridad? Hazlo.

Empecé a indagar acerca de si Amelia se quería casar y, sobre todo, si se quería casar conmigo. Como sin querer, dejaba caer comentarios al respecto, y me quedaba pasmado esperando ver la reacción de ella, para luego hacer un análisis. «A las parejas les gusta casarse», largaba de repente, cuando estábamos almorzando, y ella, con la precisión que la caracterizaba, respondía: «No a todas». Alessio me decía que eso que hacía era infructífero y que lo mejor era preguntarle directamente. Me pareció lógico. Me aconsejó también que no lo hiciera «a mi manera», que por primera vez en la vida era importante que lo hiciera a lo tradicional, con anillo y arrodillado. Eso, según él, me aseguraba el éxito. Entonces fui adonde el joyero que estaba cerca de mi casa y pedí ver el anillo más bonito que tuviera. No era precisamente un anillo que se pudiera considerar de compromiso, según los estándares sociales, pero era un anillo y era bonito, así que no lo dudé. De allí me fui a casa de Alessio a practicar la petición de matrimonio porque, según él, con lo torpe que soy, probablemente al hacerlo me caería, entonces era mejor que practicara hasta que mis rodillas se fortalecieran y pudiera mantener el equilibrio solo con un pie. A mí me parecía aquello muy tonto, no entendía y sigo aún sin entender por qué debe uno arrodillarse pero, en fin, le hice caso a mi amigo, quien me ganaba por experiencia en ese asunto de pedir a una mujer en matrimonio, y me parece que a hombres también, porque él tiene preferencia por ambos sexos y le encanta esto de prometer amor eterno. Perdón que no les había dado este detalle antes, pero no creo que la vida de Alessio sea importante a los efectos del hechizo.

—¿Por qué hay que arrodillarse para pedir matrimonio? —le pregunté.

—Qué sé yo, Héctor. Además, qué importa eso, ella querrá que te arrodilles, punto.

—Pero, ¿y si no le gusta?

—¿De qué hablas?

—Digo que no todas las mujeres quieren lo mismo, y Amelia

es diferente.

—Hasta a los hombres les gusta que se les arrodillen y les prometan la eternidad, créeme.

—Si tú lo dices…

¿La eternidad? No había pensado en eso. Su razonamiento respecto a la postura corporal a la hora de pedir matrimonio no me terminó de convencer. Ya que había decidido hacerlo, lo haría de la manera tradicional, para irme por lo seguro. El arrodillamiento de la petición matrimonial no es como cuando se ora en las iglesias, momento durante el cual las dos rodillas tocan el piso y las palmas de las manos se unen. En este caso, solo una rodilla toca el piso y la otra queda doblada, algo muy parecido a cuando los caballeros se hincaban ante los reyes o a cuando la princesa lo hacía ante el hada madrina para ser tocada con su varita mágica. Al mismo tiempo, con una mano se sostiene la cajita con el anillo y se hace un gesto como de ofrecimiento. Con la otra, se va abriendo lentamente la cajita mientras se hace la pregunta solemne: «¿Te quieres casar conmigo?». Lo voy a dibujar porque me cuesta explicarlo.

Alessio consideraba importante, además, que tuviera flores, un ramo, algo bien ostentoso para que pudiera distraerla un poco de la falta que, según él, había en el anillo. También le parecía muy importante que planificara un viaje de, al menos, una semana.

Shakira

La Pared

Eres como una predicción de las buenas,
eres como una dosis alta en las venas.
Y el deseo gira en espiral
porque mi amor por ti es total
y es para siempre.
Después de ti, la pared.
No me faltes nunca.
Debajo, el asfalto
y, más abajo, estaría yo
Después de ti, la pared.
No me faltes nunca.
Debajo, el asfalto
y, más abajo, estaría yo
sin ti.
Eres la enfermedad y el enfermero,
y ya me has convertido
en tu perro faldero.
Sabes que sin ti
ya yo no soy.
Sabes que, a donde vayas, voy.
Naturalmente,
después de ti, la pared.
No me faltes nunca.
Debajo, el asfalto
y, más abajo, estaría yo.
Después de ti, la pared.
No me faltes nunca.
Debajo, el asfalto
y, más abajo, estaría yo
sin ti

Amelia, después de ti, la pared.

Al preguntarles a mis hermanas, me dijeron que era algo muy romántico; a excepción de Sully, quien creía que no y que yo no debía caer en esa trampa de la sociedad. Me dijo, sin embargo, que la idea del viaje y de las flores era buena, porque ambas cosas alimentaban el espíritu y, aunque ella no conocía a Amelia personalmente, era normal que, estando conmigo, necesitara ese tipo de alimentación externa. No entendí. Mis otras hermanas me dijeron que obviara esas palabras y que me arrodillara.

Me parecía que no era práctico lo del ramo de flores porque, a menos que lo pusiera en el suelo, no iba a tener cómo sostenerlo. Otra idea era sostenerlo con la boca, pero eso se hacía más difícil aún, dado que se suponía que el ramo iba a ser ostentoso; entonces, yo no iba a poder abrir lo suficiente la boca para sostenerlo. Una tercera posible solución era que me arrodillara ante Amelia con la cajita del anillo ya abierta, así podría utilizar la otra mano para sostener el ramo. En todo caso, Alessio me dijo que no, que las flores no podían estar en el piso porque no era elegante, que si sostenía las flores con la boca, ¿cómo iba a hacerle la pregunta a Amelia?, y finalmente, que era importante que abriera lentamente la cajita del anillo porque eso iba a crear más suspenso, por lo que lo mejor era que el ramo se lo entregara antes de arrodillarme, de manera tal que fuese ella la que tuviera el ramo en sus manos y no yo. Me pareció brillante.

Para mí era importante escribirle algo, así como Kafka les escribía a sus enamoradas y las conquistaba. Pero Alessio también se opuso rotundamente a esta idea, y solo acordaría en ella si me comprometía a escribir algo muy corto y preciso en una tarjeta de esas que se compraban en las librerías. Entonces fuimos a una papelería en Chacao y escogimos una tarjeta con un paisaje de un molino. En ella finalmente escribí:

Querida Amelia:

¿Cómo describir nuestras vivencias en todo este tiempo?

Solo podría describirlo con una sola palabra: amor.

Quiero que sepas que mi amor te pertenece.

Por siempre tuyo, Héctor.

Nótese que la firmé *por siempre tuyo*, y que introduje de una vez el concepto de eternidad y, ¡bueno!, también el de posesión. Ya con el anillo, con las rodillas fortalecidas, resuelto el tema de las flores y con la tarjeta con la imagen del molino, estaba casi listo para pedirle matrimonio. Faltaba el viaje. La tarjeta que habíamos escogido para escribirle el mensaje corto y preciso era muy bonita, era un molino de viento antiguo y estaba en el medio de un campo de flores. Me dio curiosidad. ¿Algún pintor habría imaginado un paisaje tan hermoso y sublime como ese o realmente existiría un sitio así en este planeta Tierra? Decidí preguntarle a la señora Esmeralda, mujer conocedora del mundo y de todo aquello que le rodea.

—Eso es un paisaje muy típico de los Países Bajos, Héctor.

—¿Los Países Bajos?

—Sí. Es en Holanda.

—¿Cómo lo sabe?

—Porque he estado allí, y también por cultura general.

No lo dudé ni un segundo. El viaje era a Holanda y sería de una semana solamente, porque en la oficina había mucho trabajo. Aproveché que estaba por venir la Semana Santa, período de una intensa actividad litúrgica para celebrar la pasión, la muerte y la resurrección de Jesús de Nazaret. Como pueblo mayormente cristiano que es el venezolano, se suspenden las actividades laborales, de manera tal que los feligreses puedan dedicarse a realizar sus rituales o actos solemnes dirigidos por las parroquias de sus comunidades pero, por algún motivo que desconozco, realmente se prefiere ir a la playa y tomar mucho ron. El Espíritu Santo obra de maneras misteriosas, supongo. Tenía, además, la particularidad de que, en la repartición de horarios y fechas para compartir lazos fraternales, a Solángel, la hija de Amelia y mi futura hijastra, le tocaba estar con su padre, aquel hombre desconocido para mí, pero no por eso ausente. Entonces, como quien no quiere la cosa y poniendo cara de que se me acababa de ocurrir, le propuse a Amelia ir a Holanda.

—¿Holanda?

—Sí, se me ocurrió de repente.

—¿Y eso?

—Porque vi una promoción de pasajes con estadía por una semana.

—¿Solo por eso?

—Bueno, también porque podemos ver cómo hacen el queso Gouda.

—Pero es mucho trajín ir a Europa solo por una semana.

—¿Qué importan los días? También viajar en avión es divertido.

—Está bien, ¡vamos!, pero con la condición de ir a la casa de Ana Frank.

—Sí, sí, lo que tú quieras. Iremos.

¿Ana Frank? No me lo esperaba.

Las semanas siguientes me dediqué a preparar el viaje, aquel que ante los ojos de Amelia era inocente y repentino, pero que realmente estaba preparado, pensado, articulado, ensayado, calculado. Yo estaba actuando, así como aquel escritor italiano decía que tenían que actuar los políticos, en función de lograr los objetivos sin importar los medios utilizados. Maquiavelo nunca pensó que podía tener un alumno como yo, y con aires de victoria, además, porque Amelia no sospechaba lo que sucedería, no sospechaba que pronto se iba a encontrar en una posición de tremendo compromiso social, donde tendría que dar una repuesta que dictaminaría el rumbo de los acontecimientos futuros.

Esto me puso muy nervioso. No comía, casi no hablaba y no podía dormir bien. Se empezó a notar en mi aspecto y en mi rendimiento, y la señora Esmeralda lo percibió en el acto.

—A ver, Héctor, ¿qué pasa?

Mi plan estaba a punto de ser desmantelado, era mejor confesarlo todo. ¿Para qué irme con rodeos si igual se iba a enterar? Ya ustedes saben que la señora Esmeralda es muy habilidosa.

—Le voy a pedir matrimonio a Amelia en el viaje a Holanda.

Segundos de silencio.

—Y… ¿más o menos por qué harías eso? —preguntó.

—Porque me quiero casar con ella.

Otra vez segundos de silencio.

—Es importante que sepas, Héctor, que tus cualidades, aquellas que te han hecho labrarte una buena carrera como abogado litigador, las puedes usar también en tu vida personal. Así como cuando por instinto me dices cuál es el mejor momento para introducir una demanda, por ejemplo.

La verdad es que, cuando estaba en mi cotidianidad con Amelia, sentía que no había hechizo alguno sobre mí, Poseidón ni siquiera existía. Pero, en algunos momentos, de una manera muy sutil, la vida se encargaba de recordármelo. ¿Cómo, si no, podía ser víctima de tantos atropellos por parte de las mujeres? ¿Por qué razón o motivo ellas me hablaban en clave? ¿No sabían que mi inteligencia era limitada? ¿Para qué decir cosas a alguien si esa persona no las va a entender? ¿Qué tenía que ver la petición de matrimonio con introducir una demanda? Quizá la señora Esmeralda me estuviera diciendo una cosa y el hechizo hiciera tergiversar las palabras de manera tal que yo escuchara otra, eso era posible. No concibo otra explicación.

Le agradecí a la señora Esmeralda por el consejo, le pedí encarecidamente que guardara el secreto y, finalmente, se apiadó de mí y me deseó suerte. Pensé entonces que la cosa no había salido tan mal y que mis planes seguían incólumes a pesar de todo. ¿Cómo ella había notado que algo raro andaba pasando y Amelia no? Decidí no buscarle respuestas a esa pregunta. Me dediqué a cocinar, mejor dicho, a practicar una de las recetas más difíciles del mundo gastronómico: la salsa holandesa. Ya que iba a estar por aquellas tierras, quería ir conociéndolas un poco mejor y, como me sentía un canalla por tantos secretos, cantaba *Amante Bandido*, de Miguel Bosé, porque yo también iba a ser por siempre tu héroe de amor, Amelia.

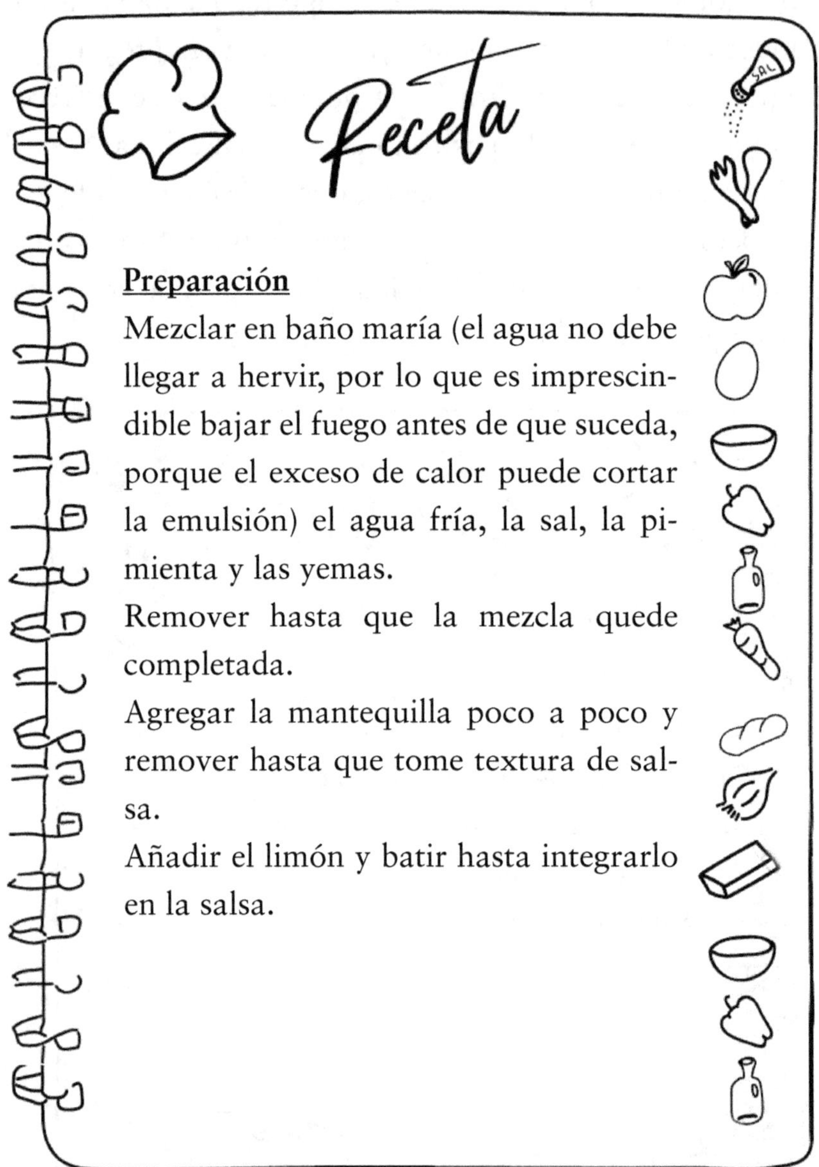

Receta

Preparación

Mezclar en baño maría (el agua no debe llegar a hervir, por lo que es imprescindible bajar el fuego antes de que suceda, porque el exceso de calor puede cortar la emulsión) el agua fría, la sal, la pimienta y las yemas.

Remover hasta que la mezcla quede completada.

Agregar la mantequilla poco a poco y remover hasta que tome textura de salsa.

Añadir el limón y batir hasta integrarlo en la salsa.

Amante Bandido

Yo seré el viento que va,
navegaré por tu oscuridad.
Tu rocío, besos fríos, que me quemará.
Yo seré tormento y amor.
Tú, la marea que arrastra a los dos.
Yo y tú... tú y yo... no dirás que no,
no dirás que no... no dirás que no...
Seré tu amante bandido, bandido.
Corazón, corazón mal herido.
Seré tu amante cautivo, cautivo.
Seré... ¡Aumm!
Pasión privada, adorado enemigo.
Huracán, huracán abatido.
Me perderé en un momento contigo
por siempre...
Yo seré un hombre por ti.
Renunciaré a ser lo que fui.
Yo y tú... tú y yo... sin misterio,
sin misterio... sin misterio...
Seré tu amante bandido, bandido.
Corazón, corazón malherido.
Seré tu amante cautivo, cautivo.
Seré ¡auuuuhhh!
Pasión privada, dorado enemigo.
Huracán, huracán abatido.
Me perderé en un momento contigo.
Por siempre.
Por siempre seré tu héroe de amor.
Seré tu héroe de amor.
Seré tu héroe.
Seré el amante que muere rendido.
Por amor, por amor malherido.
Seré tu amante bandido, bandido.
Seré ¡auuuuh!
En un oasis prohibido, prohibido,
por amor, por amor concebido.
Me perderé en un momento contigo.
Por siempre seré tu héroe de amor,
por siempre seré tu héroe de amor.

Una semana antes del viaje, me dio una fiebre tan fuerte que no se me bajaba con nada y me dolía todo el cuerpo. Además, había pasado toda la noche vomitando, y Amelia decidió que lo mejor era suspenderlo. ¡No! Suspenderlo no. Mejor iba a emergencias. Fui y me hospitalizaron, tenía dengue. Sí, dengue. Un mosquito transmisor de aquella horrible enfermedad me había picado. Un mosquito hembra, además, que se aprovechó de mi sangre para madurar sus huevos. Sí, así como lo leen. Seguramente ustedes estén tan perplejos sabiendo esto como yo lo estuve en esa oportunidad. Resulta que el médico me explicó que solo los mosquitos hembras pican, porque utilizan ciertos componentes de la sangre humana para madurar sus huevos y desovar. Me dijo que a lo mejor tenía agua empozada en mi casa y allí, en esa agua, estaba el criadero de los mosquitos. ¿Agua empozada? ¡La pecera! ¡Maldito Poseidón!

Una cosa es tener conocimiento sobre algún tema y otra muy distinta es poder hacer algo al respecto. Poseidón había vuelto y me la tenía declarada. ¿Cómo hacía para calmar su furia? Empecé a buscar rituales nórdicos, de la antigua Grecia, de los romanos, rituales paganos, cristianos, africanos, de todo. Tenía que encontrar algo. ¿Cómo hizo Moisés para que las aguas del Mar Rojo se abrieran? ¿Cómo hizo para poner al mismísimo dios de las aguas de su lado?

Me arrodillé, de la misma manera que había ensayado para la petición de matrimonio, y así, en esa posición, le ofrecí mi alma al dios de las aguas.

CAPÍTULO IV

Inapropiado
Que no resulta apropiado

Ya en el avión rumbo a Holanda y viendo el vasto océano que estaba por debajo de nosotros, me sentí aliviado, con ese alivio de cuando acabas de superar una tormenta, pero que tampoco te da tranquilidad para el futuro, porque sabes, en el fondo de tu corazón, que no todo está resuelto, que el sol no está por salir y que, si sale, será solo por un rato nada más. Como cuando el ojo del huracán está pasando y se ve el cielo clarito, dando esperanzas de que todo está en calma, pero, minutos después, aparece de nuevo el huracán y se lleva todo lo que consigue a su alrededor, especialmente a aquellas personas ilusas y soñadoras que siempre andan desprevenidas. Así me sentía, que tenía que estar alerta para que no me llevara el huracán, y además me quedaba la sensación de que, por alguna razón, había adquirido una deuda. Y así había sido.

Pasé todo el viaje meditando sobre diferentes asuntos, especialmente sobre los pactos que uno hace en la vida y sus connotaciones. Es diferente cuando haces un pacto con Dios que cuando lo haces con el Diablo. ¿Cómo no serlo? Se entiende que a Dios le ofreces tu alma, mientras que al Diablo se la vendes. Sí, el acto es el mismo, tú deseas algo con mucha fuerza y se lo pides a un ser superior capaz de darte lo que quieres, porque en el fondo consideras que no eres capaz de obtenerlo por tus propios medios, necesitas la aprobación del Señor. ¿Y qué más da si es el Señor del mal o del bien? Claro que importa, porque si el Señor del mal está involucrado, es una maldición, mientras que, si lo está el Señor del bien, se entiende que es una bendición. Tú no le vas a ofrecer tu alma al Diablo, nadie quiere eso, es mejor vendérsela. A Dios sí, a Dios si se la regalas. Pero el acto realmente es el mismo. ¡Ay, no sé!, me enredé.

Entonces pensé en Poseidón. ¿Realmente Poseidón era un dios? ¿Si los dioses son bondadosos, por qué entonces el dios de las aguas se comportaba así? ¡Qué frustrante, la verdad! Y, además, ¿por qué yo sentía que le había vendido el alma?

Llegamos a Holanda y Amelia quiso ir a los pueblitos de las afueras de Ámsterdam. Fuimos a Zaanse Schans y allí, en ese lugar, vimos los molinos, incluso aquel de la tarjeta. «Los holandeses le ganaron la batalla al agua», escuché apenas llegamos. Me hizo ruido. Realmente existen personas inocentes en este mundo; pueblos inocentes, en este caso. Nadie le gana la batalla al agua, nadie. Pero sí es cierto que el dios del agua puede hacerte creer que le has ganado, eso sí. Así como cuando me hizo creer que ya estaba seguro en mi mundo cotidiano con Amelia, mientras en sus aguas empozadas aguardaba un criadero de mosquitos con la única intención de provocarme el dengue y hacerme venderle el alma. ¿Es ese tu objetivo, Poseidón? ¿Quedarte con todas las almas de este mundo?

Se llama Países Bajos porque buena parte de su territorio se encuentra por debajo del nivel del mar, ¡qué curioso! Para poder construir sus ciudades, han tenido que batallar duramente de una manera muy creativa y, además, con la ayuda de esos molinos, como el de la postal de la tarjeta con la nota que escribí para Amelia y como aquellos que vimos en Zaanse Schans. Hoy día tienen molinos más modernos, pero no son tan bonitos como los de antes. Esto, de acuerdo con mi perspectiva porque, según Amelia, los de ahora son más bellos y los de antes le parecían de juguete. Ustedes tienen que comprenderla, a ella los juguetes no le gustan, le gustan más bien las cosas serias, modernas, estilizadas, un poco minimalistas y, lo más importante, que tengan alguna utilidad. Por esto último es que sentía un poco de empatía con los molinos antiguos, porque al menos eran útiles. Me arrepentí de haber dejado el anillo en el hotel porque me hubiese arrodillado allí mismo, frente al molino antiguo, para ofrecerle a Amelia la poca alma que me quedaba. Así que, ese día no pude hacer la petición en matrimonio.

Como todo el viaje se trataba de complacerla, al día siguiente fuimos a la casa de Ana Frank. ¿Por qué querría Amelia ir a esa casa? ¿Simple curiosidad? Me intrigaba mucho. Visitamos la casa convertida en museo, ¡pobre Ana Frank!, ¡cuánta desdicha! Al igual que Kafka, ella mitigó su dolor escribiendo, aunque no podemos comparar sus desgracias. Conocer su historia me hizo entender mejor el sufrimiento, aquel que no depende de nosotros, aquel que se nos infringe deliberadamente y frente al cual no podemos hacer absolutamente nada. Ana Frank, junto con su familia y otras personas, permaneció dos años y medio escondida de los nazis en el sótano de aquella casa durante la Segunda Guerra Mundial, hasta que fue capturada y llevada a un campo de concentración. No sobrevivió. No lo logró. Murió en aquel campo de concentración. Sin embargo, dejó un testimonio de lo vivido, un diario, su diario, el famoso Diario de Ana Frank. Fueron ella y su diario quienes me motivaron a escribirles a ustedes porque, al igual que ella, yo también quería aliviar mi dolor.

Entonces, entre lágrimas, me lo contó. Amelia me relató que sus bisabuelos, al igual que Ana Frank, habían muerto en un campo de concentración. Su abuelo había logrado escapar y, en un barco, siendo muy joven, había llegado a Venezuela. Exacto, ¡ya lo notaron ustedes! Se parece a la historia de mi abuelo. Sin embargo, había una gran brecha que los separaba. Los separaba algo más grande que ellos. Qué cosas, ¿no? Mi abuelo era musulmán y el de Amelia judío y, aunque en períodos distintos, ambos habían escapado de los horrores que vivían; guerras diferentes, contextos diferentes, tiempos diferentes, pero los mismos horrores. Y a pesar de eso, allí estábamos nosotros, en Holanda, dos nietos de las desgracias. Ese día de la visita al museo de Ana Frank, Amelia lloró mucho y, por ende, no pude pedirla en matrimonio por inapropiado.

Los *coffee shops* son espacios autorizados a vender cannabis, siempre y cuando no se venda más de cinco gramos por persona al día. Yo quería eso, pero Amelia se opuso rotundamente. Me dijo que no estaba preparada y que le daba miedo. Yo buscaba algo que la relajara un poco, y la idea del cannabis me parecía ideal por legal y por controlado. Pero no tuvo acogida. Tenía que buscar otra opción. Los días pasaban y yo no me había arrodillado a pedirle la eternidad. En desesperación, llamé a Alessio.

—¿Cómo que aún no le has pedido matrimonio? ¿Qué estás esperando?

—El momento ideal.

—Héctor, eso no existe. Cuelga el teléfono, camina hasta un kiosco de flores, pide que te hagan el arreglo más grande posible y allí, en plena calle, arrodíllate.

—No cargo el anillo conmigo.

—¿Qué? *¡Ma che cazzo!*

—Estoy nervioso, Alessio, y tú no estás ayudando.

—El único que no está ayudando eres tú. Anda y busca el puto anillo —sentenció.

Le propuse a Amelia que nos fuéramos a tomar un café cerca del hotel, teniendo en cuenta que ella no iba a desaprovechar la oportunidad para hacer llamadas a la oficina, y así yo podía utilizar el tiempo para otros asuntos.

Dejé a Amelia sentada en el café hablando por teléfono y, mientras, fui corriendo al hotel, que estaba a dos cuadras, con la excusa de que había olvidado el mío. En el camino, vi un kiosco de flores y dejé encargado el gran ramo ostentoso, petición que había puesto previamente por escrito gracias a aquel diccionario que utilicé para escribirle a Gala. En el papelito se podía leer la frase: *Please make a very ostentatious bouquet of flowers*. Busqué el anillo, me puse más perfume, salí del hotel, pasé a buscar las flores y regresé al café. Amelia me vio a lo lejos. Vio que yo iba apurado con un gran ramo de flores en las manos que me tapaba la mitad de la cara.

Antoinette Brown Blackwell desafió la teoría del naturista más importante de su época, aquel que había propuesto la teoría de la evolución biológica por selección natural: Charles Darwin. En su obra *El origen del hombre*, Darwin esboza su teoría, impregnada de un sesgo sexista, que afirma que «en cuerpo y espíritu el hombre es más potente que la mujer». Antoinette Brown Blackwell hizo un estudio detallado de la obra y se atrevió a responderle en su libro *Los sexos en la naturaleza*, en donde decía que el naturista daba una desproporcionada preeminencia a todo aquello evolucionado en la línea masculina. ¡Qué atrevida fue Antoinette! Pero qué certera; es verdad que el género masculino está sobrevalorado. Yo quiero que ustedes sepan que no me cabe la menor duda de que las mujeres tienen un instinto que supera todas las teorías de Darwin. Es algo que él no tomó en cuenta, probablemente porque no poseía este talento. Es un instinto que ve aquello que no ha sucedido pero que está por suceder, que se anticipa a los acontecimientos, y las mujeres actúan conforme a ello, dependiendo de si quieren frenar el hecho que está por ocurrir o si, por el contrario, quieren que ocurra.

Amelia no era la excepción. Apenas me vio, lo supo todo en un instante. Se levantó de la silla donde estaba sentada tomando café y lentamente colgó el teléfono. De pie, me esperó con cara inexpresiva, pero viéndome fijamente, como tratando de transmitirme sus pensamientos. Yo empecé a bajar la velocidad de mi andar, no sé ni por qué lo hice. Simplemente comencé a caminar más despacio, cada vez más despacio, cada vez más despacio, hasta que me detuve. La miré. Di media vuelta. Empecé a caminar en sentido contrario. Me volví a parar. Reflexioné unos segundos. Giré de nuevo. Me fui acercando lentamente hasta llegar a ella. Una vez que la tenía frente a mí, sin decir una palabra, le entregué las flores, la carta, pero no el anillo. Me senté y no pude hablar más en todo el día. Antoinette Brown Blackwell, ¡cuánta razón tenías! Hay una desproporcionada preeminencia a todo aquello evolucionado en la línea masculina.

¿Qué espera una mujer de un hombre? ¿Que sea fuerte para defenderla de cualquier ataque? ¿Que sea poderoso de tal manera que a nadie se le ocurra hacerle daño? ¿Que tenga dinero para que pueda proveer a la familia? ¿Que tenga tanto trabajo para que pueda estar siempre ocupado y no la perturbe mucho? ¿Realmente eso espera una mujer de hombre? Creo que la sociedad espera que una mujer espere eso de un hombre. Pero… ¿quién compone la sociedad?, ¿no son las mujeres y los hombres? Por eso digo que la mente individual actúa de modo diferente que la mente colectiva. En privado, para sus adentros, cada mujer espera algo diferente de los hombres, y otras ni siquiera esperan algo. Mi hermana Sully, cuando trataba de aconsejarme sobre el amor, una vez me dijo: «Héctor, lo importante es que no jodas mucho». Solo una mujer que esté leyendo estas líneas podrá comprender el poderoso significado de aquel consejo, que se sintió más bien como una advertencia, a lo que otra hermana, que alcanzaba a oír la conversación, atinó a sugerir: «Es que los hombres tienen tanto miedo que por eso joden tanto». ¿Miedo de qué? ¿De las mujeres? Si los hombres somos fuertes. ¿Cómo un hombre valiente podría tener miedo? ¿Acaso Goliat tenía miedo de David?

Hay algo que no les he contado, por pena, quizá. Cuando estaba en la universidad, me puse a trabajar. Tenía 17 años. No era en las heladerías. En una esquina en el centro de Maracay, donde está el Museo de Historia, me ponía en un banquito con un pequeño taburete delante de mí y un letrero que rezaba: «Escucho tus problemas y te aconsejo». Y, al lado, un pote de lata para que las personas pusieran allí el dinero, dependiendo de la gravedad del caso. La mayoría de las personas que se acercaban a contar sus penurias eran mujeres, y yo siempre me preguntaba cómo era posible que las mujeres sufrieran más estreñimiento que los hombres.

Eso me lo había dicho mi doctor, un gastroenterólogo que me trataba desde los 15 años, debido a mi gastritis severa y al síndrome del colon irritable que me aquejaba: «Héctor, eres muy joven para tener una gastritis tan severa y, además, es raro lo del colon irritable, generalmente afecta más a las mujeres que a los hombres». Según me explicó, hay una relación entre el cuerpo emocional y el cuerpo físico y, como las mujeres son más emocionales que los hombres, sus cuerpos son más susceptibles de contraer enfermedades. Además, porque los hombres son más abiertos en muchos temas y las mujeres son más sumisas y calladas. Sin embargo, en mi poca experiencia como escuchador, había notado que eran precisamente las mujeres las que más contaban sus problemas, mientras que los hombres se los guardaban. Entonces ¿cómo que ellas eran más cerradas? El doctor se había equivocado. Pero tú, Amelia, ¿por qué no me contabas qué te pasaba? ¿Por qué tú no me contabas cuál era tu problema, a mí, que soy un escuchador de problemas profesional? ¿Qué esperas tú de un hombre, Amelia? ¿Qué esperas tú realmente de mí?

A partir de esa visita a Holanda, el hechizo comenzó a lucirse. Ya en el avión de regreso a Caracas, Amelia me agradeció por el viaje, y en especial por la tarjeta y las flores. Le dije que era mi compromiso con ella y con el amor que sentía por ella. Sin embargo, una vez más, tenía el corazón roto. Por primera vez sentí que Amelia no era sincera conmigo, que no me decía todo lo que pensaba y, lo peor, todo lo que sentía. Pero ¿puede una persona llegar a un punto de intimidad con alguien que sea capaz de expresar todo lo que piensa y siente? ¿Era eso posible? Quizá no y, si era posible, yo aún no lo había experimentado. ¡Ay, Amelia! ¡Cuántas cosas dejamos de decirnos!

Ya de regreso a Caracas y a punto de entrar en la cotidianidad, traté de consolarme. No quería ver a Alessio porque no sabía cómo explicarle los acontecimientos. Entonces, apenas llegó el fin de semana, me fui a Maracay a desconectarme de todo y de todos. Allí, no solo encontré a mis hermanas en reunión, esperándome, sino que, además, estaba Alessio.

—Alessio, entiende, no me dio tiempo de pedirle matrimonio.

—No hay un ser más tonto que tú, no lo hay —dijo Alessio.

—Qué bueno que no le pediste matrimonio —interrumpió mi hermana Sully—. Ella igual te iba a decir que no.

Mis otras hermanas no opinaron, solo me consolaron. Pusimos música y empezamos a bailar, a celebrar la vida entre nosotros, ¿qué más nos quedaba? Un grupo de desdichados que cada día que pasaba tenía menos esperanzas en el amor. Terminamos emborrachados. Y así, borracho y delante de ellos, juré retar al mismísimo Señor del mal, al único ser capaz de destruir al dios de los mares, ese dios que no había cumplido su pacto conmigo, ese dios a quien le había ofrecido mi alma a cambio de amor, que no cumplió, y me había hecho llegar a esas tierras holandesas solo para humillarme.

En los días sucesivos me dediqué a buscar información sobre personas que habían retado al Diablo y le habían ganado. No estaba claro el tipo de reto que pensaba hacer, pero sí tenía claro lo que iba a pedirle a cambio si yo ganaba. Destruir al dios de las aguas, por mí y por Holanda. Tenía que ganarle al Diablo. Tenía que pensar. La idea era ganarle en un reto y pedir a cambio que destruyera a Poseidón. ¡A veces el ingenio toca mi puerta! ¡Que idea tan maravillosa había tenido! Al menos, eso era lo que pensaba.

Después de un análisis profundo, llegué a la conclusión de que el enfoque no era buscar aquello que pudiera destruir al Diablo. Tenía que enfocarme en buscar aquello en lo que yo podía ganarle. ¿Qué era lo mejor que sabía hacer? ¿En qué era tan bueno para poder ganarle al mismísimo Señor de los infiernos? Le pregunté a Alessio, persona que me conocía mejor que nadie: «En tomar malas decisiones, Héctor, ahí le ganas a cualquiera por experiencia». Alessio, cuando quería hundirme, de verdad que se le hacía muy fácil.

Pasé meses con esa idea rondándome en la cabeza, ¿en qué era bueno? Les pregunté a las personas de la oficina, a mi familia, a todos los que me conocían porque, obviamente, la respuesta de Alessio no me había satisfecho. Como siempre, la señora Esmeralda lo dijo: «Solo tú sabes en qué eres tan bueno». ¿En serio, señora Esmeralda? ¿Volvemos a lo mismo?

NO
ME
GUSTA
QUE
ME

HABLEN
EN
CLAVE.
NO
ENTIENDO.

Evidentemente no sabía, porque si lo hubiera sabido, no habría estado preguntando. La señora Esmeralda a veces me sacaba de quicio. Amelia se enteró de que yo andaba preguntando sobre mis aptitudes y capacidades. «Verás, Amelia, quiero fortalecer mis debilidades, porque uno nunca sabe cuándo las va a necesitar», inventé. «Cada loco con su tema», respondió, como único comentario.

Si yo fuera un tipo de música, sería el rap. Son varios los elementos que tenemos en común. El rap tiene un estilo mal entendido, no valorado en su esencia, menoscabado, marginado e incluso despreciado. El rap, en su esencia, es rosado, pero por fuera se ve negro. Es como el cangrejo, duro por fuera, blando por dentro. Al igual que mi nombre, el suyo es un acrónimo que viene de ritmo y poesía, ¡así de simple! **R**hythm **A**nd **P**oetry (RAP), qué bonito, ¿verdad? El rap es tan simple como hermoso; recitar las rimas al ritmo de la música. La diferencia entre el rap y yo es que mi nombre no tiene un significado tan bonito. El mío, ya saben, viene de un grito de auxilio, del tipo «necesito algo de ustedes», mientras que el rap viene a darles algo; y el que da, todo lo tiene. Esto último lo aprendí en unas clases de *Kabbalah* a las que asistí. La *Kabbalah* explica que la vasija recibe y la luz da. En esos términos, yo soy vasija y el rap es luz. Complejo.

Empecé a escuchar esta música. En mi búsqueda constante de opciones, me encontré con esta mezcla de lírica desenfrenada y liberadora. Me gustó, me identifiqué; además, me fue mejor que con los filósofos de la sospecha y que con el brujo corpudo. El rap me dio la respuesta que andaba buscando. De todos los raperos que escuché en esa época, mi preferido era y sigue siendo un venezolano. Y no es mi preferido porque sea venezolano, sino por otros factores. Al igual que yo, él creía estar hechizado o, mejor dicho, maldito. A mí no me gusta decir esa palabra porque es muy fuerte, da la idea de una perversión que genera un gran rechazo, es lo contrario a bendecido, como que la maldición viene por algo malo que tú hiciste, es una anatema, una condena; mientras que estar hechizado da la sensación de ser víctima de fuerzas superiores: es como que uno es bueno pero lo hechizaron. Pero este rapero en cuestión, por su misma condición de artista, tenía más capacidad de expresarse que yo y no temía pronunciar aquella palabra. Además, me gustaba porque él había retado al Diablo ¡y le había ganado!

A Tirone José González Orama, mejor conocido como Canserbero, le decían el poeta maldito, el poeta de la muerte; es como si a mí me dijeran *Héctor, el hechizado*. Yo pasaba día y noche, noche y día, escuchando sus canciones. Lástima que ya no está en este mundo porque hubiera ido a buscarlo para pedirle ayuda, y a ustedes les habría ahorrado un montón de problemas; no tendrían que estar leyendo mi historia ni, mucho menos, buscar maneras de ayudarme. ¡Cuánta falta haces, Canserbero! Él sí que sabía cosas. Fue él quien me incentivó a pedir ayuda. Ana Frank me motivó a escribir diarios, a contar mi historia; pero fue él quien me incentivó a pedir ayuda, porque no quiero terminar como él, muerto sin saber por qué y, de paso, vilipendiado injustamente por muchas personas que nunca comprendieron lo que es vivir con un hechizo o, en su caso, con una maldición. ¡Ya lo saben! Sí, Canserbero murió, y su muerte, al igual que su arte, sigue siendo un misterio. Escuchando sus canciones entendí mi propio destino, pero una en particular me hizo entender que lo podía cambiar. En esa canción, narra la historia de una venganza y de cómo ese hecho lo llevó a la muerte y a las puertas del mismo infierno. Para escapar de él, retó al Diablo y le ganó. ¿Leyeron bien? Venganza, muerte, infierno, lucha con el Diablo. Mientras cocinaba, escuchaba esa canción a todo volumen.

Canserbero

Es Épico

Empieza:
D. «Antes que nada, te maldigo, voy a hacer que sufras el peor de todos los castigos.
¿Cómo te atreves a retarme en castellano y en este ritmo tan pobre
como el suelo donde te has criado?».
C. «Con más razón tú deberías avergonzarte,
perder un combate con un *homo sapiens*.
Además, te explico, se llama Venezuela donde nació este tipo.
Y tú no puedes maldecirme porque ya yo estoy maldito».
D. «Eres muy peculiar, y mi deber es explicar
que no puedes ganar porque yo lo sé todo.
Domino los idiomas, los modos, la historia.
Incluso sé los más recónditos miedos de tu memoria».
C. «Debo aclarar que hay un factor clave que olvidas:
los miedos se van en el momento en que pierdes la vida.
Se dice que el amor masacra tus insultos,
pero yo te mataré con más odio para ser justo».
D. «A mí tú no me engañas, mediocre adversario.
¿Cómo hablar de odio si tu brazo grita lo contrario?
Tú le has mentido a todos tus seguidores
con múltiples contradicciones en muchas de tus canciones».
C. «No entiendes nada a los humanos.
Yo sueño con amor porque sé que, en el fondo, nosotros amamos.
Sí canto rap y es para desahogar por dentro,
como cuando Cristo echó a los comerciantes de su templo».
D. «De nuevo hablando tú de cosas que no sabes.
Eres un imitador como tu voz, la cual no es tan grave.
Lo único grave es que te crean,
pero aquí la mentira tiene patas, tarde o temprano cojean».
C. «Me has conmovido ahora que te conozco más, Satanás.
No comprendes el arte, tampoco la paz.
Mi voz es más, es más, esta es mi voz que Dios me dio de don,
para tenaz usarla cual daga en tu corazón».
D. «¿Cómo puedes hablar de Dios si eres ateo?
En tus ojos lo veo mientras mi candela te consume.
Te recuerdo que Dios no existe y lo que viste en aquel túnel
no fue más que simples ángeles comunes».
C. «Dudar y no creer es algo muy distinto.
Y si dudo de Dios es porque no lo he visto.
Aun así, insisto en recalcarte lo que contigo aprendí:
que reyes habrá muchos, pero siempre tienes que ir a ti».
Y el corazón tucún, tucún, tucún, tucún.
Y el corazón tucún, tucún, tucún, tucún.
Y el corazón tucún, tucún, tucún, tucún.
Y el corazón tucún, tucún, tucún, tucún.

Todo ese lío se armó por una venganza. ¿Ven que la venganza no es buena? Sí, Canserbero creyó en sí mismo y le ganó al Diablo porque, al creer en él, su corazón (tucún, tucún, tucún, tucún) volvió a la vida. ¡Bravo por ti, Canserbero! ¡Enséñame a creer en mí!

Quiero hacer un paréntesis para dar una importante declaración. Queridos lectores y lectoras: si ustedes tienen un amigo o amiga de Venezuela que no quiere comer, háganle arepas. A una arepa no se le dice que no, es como una traición a la patria. En esa época del rap, me costaba mucho cocinar, no encontraba ningún plato que combinara con el rap ni conmigo. Tuve problemas, no solo para cocinar, sino también para comer. Amelia se molestaba porque ahora, por mi culpa, ella siempre tenía hambre y tenía que comer sola. Me puse más flaco de lo normal, ya no iba al gimnasio. Andaba inapetente y, cuando cocinaba, solo me provocaban las arepas. En esa época lo mío era arepa y rap.

Receta

Arepa con mantequilla y queso

Ingredientes
1 taza de maíz precocido
2 tazas de agua
1 pizca de sal

Preparación
En un recipiente grande, mezclar todos los ingredientes.
Amasar la mezcla hasta que suavice y no se pegue en
las manos.
Tomar una bola de masa y aplanarla con las manos
hasta lograr un disco.
Poner las arepas en un sartén caliente con un poco de
aceite para que no se peguen y
cocinarlas de 6 a 8 minutos por ambos lados.
Si quieren, luego pueden pasarlas por el horno, unos
10 minutos.
Dejarlas reposar y rellenar con mantequilla y queso.

Después de meses de intentar retar al Señor de los infiernos, de intentar ganarle y pedirle a cambio que acabara con el dios de los mares, y ver cómo mi plan no podía ser llevado a cabo porque ni siquiera sabía en lo que era muy bueno, empecé a deprimirme un poco. No me apetecía ir a la oficina, iba muy poco y no quería tomar casos nuevos, pero la señora Esmeralda me obligaba porque yo era el único especialista en Derecho Marítimo. ¡Maldito hechizo! ¡Maldita venganza!

Un día fui a la floristería a comprarle un ramo de flores a Amelia porque, de todas maneras, siempre me gustaba regalarle flores. Allí estaban trabajando en un ramo muy lindo de flores rojas y blancas, muy típico pero lindo. Me acerqué al ramo para señalarle al floristero que quería uno en ese estilo, y en ese preciso momento alguien estaba poniendo la tarjetica del ramo. Miren, yo no tuve la intención de leerla, pero pasó, mis ojos se posaron directamente en aquella tarjeta.

¿En serio? ¿y cómo eres Amelia? Ya ustedes se imaginarán quién era el autor de aquella nota. Maldito abogado petulante. Me fui a la oficina, agitado y tirando puertas y, delante de todo el mundo, le dije a la señora Esmeralda que renunciaba.

—Renuncio. A usted, a esta oficina y a Amelia.

Di media vuelta y salí, igualmente agitado y tirando puertas. Empecé a caminar sin sentido, sin norte y hablando solo. No sé qué me pasó, pero hasta sentía que no era yo, que era otra persona. Me metí en un bar, de esos españoles que abundan en la Candelaria. Pedí un ron puro. Media hora después, llegó Alessio.

—Vuélveme a explicar, Héctor. Lentamente, porque no entiendo.

—Que renuncié a la oficina y terminé con Amelia.

—Pero ¿por qué lo hiciste delante de todo el mundo?

—No sé.

—Mmmmm, no sabes.

Al día siguiente me desperté en la emergencia de un hospital; de allí me trasladaron al área de hospitalización. Una semana. Sí, una semana hospitalizado. ¡Qué desgracia! Obviamente, Amelia, la señora Esmeralda y la oficina entera se enteraron de inmediato, y tuve que pasar por ese bochorno porque a Alessio no se le ocurrió decir otra cosa… que me había ido del país, por ejemplo, no. Él dijo que tenía un coma etílico, una sobredosis de alcohol. Al salir del hospital, me fui a Maracay, decidido a quedarme y no volver más a aquel valle caraqueño, tal como lo hizo el general Juan Vicente Gómez. ¡Entiéndanme! No quería ver a Amelia, no quería verla más. No quería verle la cara a la señora Esmeralda, no quería ir a la oficina. ¿Cómo se afronta la vergüenza? ¿Cómo? Esquivándola. O, por lo menos, así la afronté yo. Nadie de la oficina sabía sobre el hechizo, ¿cómo les explicaba que se había apoderado de mí? Pensaba que quizá tendría que hacerme un exorcismo. Algo más fuerte que yo tenía que suceder, así como el beso de la princesa.

Y entonces, pasó. Ella me fue a buscar. Se presentó en mi casa, aquella casa donde de pequeños escuchábamos a la Billo's Caracas Boys los domingos, aquella casa donde Gala había llevado los cuchillos desafiantes, aquella casa donde me refugiaba de la vergüenza. No necesitó presentación; apenas mis hermanas la vieron, supieron que era ella. ¿Cómo no saberlo?, la perfección se reconoce a distancia. Se presentó ella misma y delante de todo el mundo, así como yo había renunciado a la oficina y a ella, y dijo: «Uno no sabe lo que tiene hasta que lo pierde». Recogí mis cosas y volví con ella. ¡Querida Amelia, no me habías perdido!

Volví a la oficina, y la señora Esmeralda hizo como si nada hubiera pasado, pero yo sentía que, cuando me miraban, veían a un Héctor que no era. ¿Un solo acto de insensatez puede borrar años de buen juicio? Sí, ya sé que no siempre he tenido buen juicio, pero tampoco es que en la oficina sabían los pormenores de mi vida. Para ellos, yo era Héctor, el abogado especialista en Derecho Marítimo, aquel que ganaba juicios y que la señora Esmeralda consideraba una pieza clave, aquel que había hecho que Amelia almorzara todos los días, aquel que iba a congresos en Barcelona; y ahora, por un simple incidente, me veían como Héctor, el del coma etílico. No me parecía justo. Aun así, traté de volver a la cotidianidad, y realmente lo logré. Meses después ya nadie se acordaba de nada, excepto yo, que me acordaba de todo. Ya saben que la cotidianidad me aburre un poco, creo que les pasa a muchas personas, pero cuando no la tienes, te desesperas y la deseas con todas tus fuerzas. A veces pienso que la felicidad es simplemente llevar una vida normal, sin nada que destaque. Después de meses de aquellos acontecimientos bochornosos que les he narrado, estaba aburrido de todo y de todos. ¿El mundo estaba harto de mí? Pues yo ahora me hartaba del mundo. Y fue la misma Amelia la que me propuso una solución.

—Toma un sabático, Héctor.

—¿Cómo que un sabático?

—Sí, como esas personas que se van un año a estudiar o a viajar.

Me quedé pensando en el sabático. ¿Por qué una persona querría tomarse uno? Además, ¿por qué Amelia querría que yo lo hiciera? En fin, le dije que lo pensaría. A los dos meses, estaba rumbo a Nueva York, con ella a mi lado.

Estoy tratando de resumir lo más que puedo, porque tampoco me parece que sea necesario contarles cada detalle de mi vida. Los que importan son los hechos trascendentales que marcaron un antes y un después, narrarles los indicios para que ustedes duden y saquen sus propias conclusiones, y estoy seguro de que la conclusión a la que llegarán es la misma a la que llegué yo y, como seguramente ustedes son buenas personas, me ayudarán a buscar la contra del hechizo. Estoy convencido de que, en algún lugar del mundo, existe una sabia mujer que me dará las palabras exactas que harán que mi mundo se acomode. Sí, estoy seguro de que será una mujer, porque ellas saben cosas. Lo único que le pido es que no me hable en clave. Ahora, les digo esto porque ustedes deben creer que el tiempo no ha pasado, pero, al contrario, desde que me gradué y empecé a trabajar con la señora Esmeralda hasta el momento en que me monté en aquel avión, fueron varios los años que habían pasado. Saquen ustedes la cuenta. El tema es que después de tantos años trabajando en la misma oficina, con la misma gente, ¿ustedes han de creer que me hicieron una fiesta de despedida? No, no la hicieron. ¿Qué les costaba? ¿No les parece que me la merecía? Yo siento que sí, que me la merecía. Y pensar que la asistente de Amelia les hacía fiesta de cumpleaños a todos, hasta se suponía que nos llevábamos bien. Me fui, así nomás, con el compromiso de volver. Total, un año pasa rápido. No volví.

Se preguntarán por qué acepté lo del año sabático, y realmente no tengo una respuesta contundente. Creo que en el fondo sentía que era la mejor opción: dejar la oficina por un año, conocer otras culturas y, además, poder cocinar sin pretextos, cocinar solo por el único placer de cocinar. Amelia se iba conmigo, pero solo por una semana, después ella regresaría a Caracas con el compromiso de que nos veríamos cada vez que pudiéramos. Y así fue.

Amelia me amaba mucho. A su manera, claro. Esa era la verdad. Me amaba a pesar de que no me entendía, y ya eso era bastante. Pero ese amor era condicionado, porque tampoco se esforzó mucho en entenderme. Amelia, ¿por qué no me entendiste? ¿Por qué? ¿Por qué condicionaste tu amor?

Nueva York es muy ecléctico y no tiene sentido no fusionarte con esa vibra que te brinda la ciudad. Aprendí a cocinar muchas cosas, nuevas recetas, hasta mi paladar cambió. Amelia siempre me visitaba y, cada vez que lo hacía, le cocinaba cosas nuevas, y ella era féliz. Mi selección de música también había cambiado bastante, me encantaban el *soul* y el *blues*, porque tenían como una nostalgia que pegaba mucho conmigo. Alessio también me fue a visitar; no como Amelia, él solo fue una vez. Bastó y sobró. Ni siquiera voy a entrar en detalles.

Lo importante se los diré. Ocurrió en una noche de luna llena, debajo del puente de Brooklyn, con las luces de la ciudad de fondo. Ella, mirándome a los ojos, me entregó una tarjeta. Tenía una imagen en blanco y negro del puente, una imagen muy nostálgica; al abrirla, encontré una nota que decía:

Saqué el anillo, sí, aquel anillo que debía haberle entregado tiempo atrás en Holanda y que no había tenido el valor de hacerlo; aquel mismo anillo que, desde entonces, cargaba conmigo siempre. La miré a los ojos y se lo entregué como símbolo de la eternidad.

¡El amor! ¡Ah! Mi amor hacia ella era diáfano y transparente como el agua del manantial. Y era correspondido.

Víveme

No necesito más de nada ahora que
me iluminó tu amor inmenso fuera y dentro.
Créeme esta vez,
créeme porque,
créeme y verás,
no acabará más.
Tengo un deseo escrito en alto que vuela ya.
Mi pensamiento no depende de mi cuerpo.
Créeme esta vez,
créeme porque
me haría daño ahora, ya lo sé.
Hay gran espacio y tú y yo,
cielo abierto que ya
no se cierra a los dos
pues sabemos lo que es necesidad.
Víveme sin miedo ahora.
Que sea una vida o sea una hora.
No me dejes libre aquí, desnudo.
Mi nuevo espacio, que ahora es tuyo, te ruego.
Víveme sin más vergüenza,
aunque esté todo el mundo en contra.
Deja la apariencia y toma el sentido
y siente lo que llevo dentro.
Y te transformas en un cuadro dentro de mí,
que cubre mis paredes blancas y cansadas.
Créeme esta vez,
créeme porque
me haría daño una y otra vez.
Sí, entre mi realidad,
hoy yo tengo algo más,
que jamás tuve ayer.

Necesitas vivirme un poco más.
Víveme sin miedo ahora.
Que sea una vida o sea una hora.
No me dejes libre aquí, desnudo.
Mi nuevo espacio que ahora es tuyo, te ruego,
víveme sin más vergüenza,
aunque esté todo el mundo en contra.
Deja la apariencia y toma el sentido
y siente lo que llevo dentro.
Has abierto en mí
la fantasía.
Me esperan días de una ilimitada dicha.
Es tu guion
la vida mía.
Me enfocas, me diriges, pones las ideas.
Víveme sin miedo ahora,
aunque esté todo el mundo en contra.
Deja la apariencia, toma el sentido
y siente lo que llevo dentro.

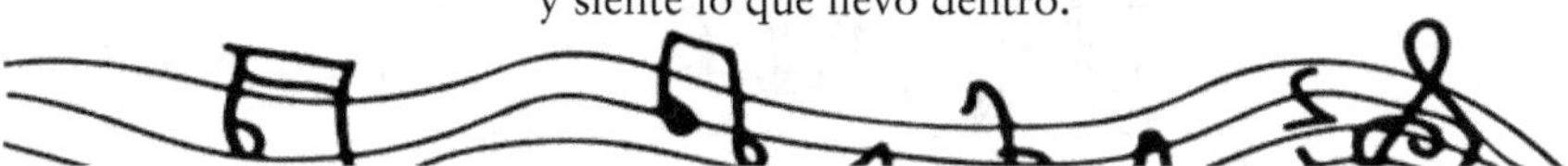

Nos tomamos de la mano y recorrimos la ciudad. Llegamos al *Time Square* y subimos las escaleras rojas. Yo sentía que la gente de alrededor nos miraba y nos aplaudía y hacia círculos alrededor de nosotros mientras nos fundíamos en un beso largo y profundo. Y sí, nos lanzaban papelillos.

Amelia era mía. Totalmente mía. Amelia era eso que ya nadie quiere ser hoy: mi media naranja, mi otra mitad y, como prueba irrefutable, estaba el anillo, un anillo que representaba mi lealtad absoluta hacia ella. Miren, cuando hablaba y movía sus manos, yo solo veía el anillo, y quedaba encantado, así como las serpientes cuando escuchan la flauta de su encantador. Sí, Amelia, con su anillo, era una encantadora de serpientes. Ya no tenía que buscar cómo podía ganarle al Señor de los infiernos, ya había ganado. ¡Víveme, Amelia!

El encanto no duró mucho. De alguna manera, se rompió la burbujita de amor y, en un abrir y cerrar de ojos, ya Amelia no era mía. ¿Cómo era posible? Bueno, déjenme decirles que no lo sé, y por eso estoy aquí escribiéndoles, porque necesito encontrar respuestas, necesito que me ayuden a encontrarlas. Un año después de aquella maravillosa escena debajo del puente de Brooklyn, yo aún seguía en Nueva York, pero Amelia casi no me visitaba. ¡Ya saben, la oficina! Y, cuando lo hacía, yo no le prestaba mayor atención. ¡Ya saben, la cocina! Además, no quería seguir siendo abogado del escritorio jurídico, quería cocinar, y cocinar, y cocinar. Se lo dije. Ella no lo entendió. Tiró el anillo. Vi el anillo caer y rodar por el piso. Fue el principio del fin. Me di cuenta tiempo después, al ver la película *Sexto sentido*. En la escena final, a ella se le cae el anillo y en ese momento es cuando Bruce Willis se da cuenta de que está muerto. A mí me pasó lo mismo. ¿Por qué tiraste el anillo, Amelia? Sin el anillo ya no había encantamiento de serpientes. Cuando me di cuenta, era demasiado tarde. Realmente, Poseidón había ganado.

Some folks like to get away
Take a holiday from the neighborhood
Hop a flight to Miami Beach or to Hollywood
But I'm takin' a Greyhound on the Hudson River line
I'm in a New York state of mind
I've seen all the movie stars
In their fancy cars and their limousines
Been high in the Rockies under the evergreens
I know what I'm needin'
And I don't want to waste more time
I'm in a New York state of mind
It was so easy livin' day by day
Out of touch with the rhythm and blues
But now I need a little give and take
The New York Times, the Daily News
It comes down to reality
And it's fine with me 'cause I've let it slide
I don't care if it's Chinatown or on Riverside
I don't have any reasons
I left them all behind
I'm in a New York state of mind
Oh yeah
It was so easy…

CAPÍTULO V

Infinito
Que no tiene ni puede tener fin

Según los entendidos en la materia, Laos es el país más bombardeado de la historia, seguido por Camboya. Ambos fueron atacados por Estados Unidos entre 1965 y 1973, durante la guerra de Vietnam. Puesto en números, ocho bombas por minuto fueron lanzadas sobre Laos; en total aproximado, 260 millones de bombas. En 1969 y durante cuatro años, Estados Unidos lanzó sobre Camboya 108 000 toneladas de explosivos, lo que causó entre 40 000 y 120 000 muertes. Además, Camboya sufrió uno de los peores genocidios de la historia. Se dice que al menos la cuarta parte de la población camboyana murió en la época de los Jemeres Rojos. Yo me sentía como Laos y Camboya, bombardeado por Estados Unidos y con la cuarta parte de mi ser muerta.

Agarré un bolso pequeño, metí lo que se me ocurrió que podía necesitar y tomé un avión rumbo a Asia, un continente completamente desconocido para mí.

Llegué a Luang Prabang, al norte de Laos, una ciudad magnífica, maravillosa, única, tierra de millones de elefantes... pero primero fui a Camboya. No me pregunten por qué, no tengo respuestas. Lo cierto es que primero fui a Camboya. Fui directamente a Siem Riep, una ciudad muy particular, donde se encuentra Angkor, vestigios de una civilización milenaria imperial, hoy día, con una gran importancia arqueológica, patrimonio de la humanidad. Allí se encuentra Angkor Wat, el templo más importante de Angkor y el más grande que se ha construido hasta ahora. Si ustedes quieren ver y entender cómo una idea extremista puede convertirse en una desgracia, tienen que conocer la historia del genocidio camboyano. De verdad no sé ni cómo contarles esto. La historia la conozco por una persona que, al igual que yo y al igual que Amelia, era un nieto de la desgracia. La contó entre lágrimas, mientras esperábamos que saliera el sol.

Una tríada es un grupo de tres elementos o componentes que tienen un vínculo entre sí. El mundo está lleno de tríadas: el tres es un número que se repite constantemente, es como místico. Seguramente, debe haber algo que desconozco. En el dogma cristiano, hay un Dios conformado por tres: el padre, el hijo y el Espíritu Santo, a esto se le llama la Santísima Trinidad; en el hinduismo está la Trimurti, conformada por tres dioses: Brahma, Vishnu y Shiva; las joyas del budismo: Buda, Dharma y Sangha; las trinidades egipcias: Isis, Osiris y Horus; para los aztecas, los dioses del cielo: Quetzalcóatl, Tezcatlipoca y Huitzilopochtli; para los mayas, la tríada mayor: Itzamná, Ixchel y Kukulcán; para los griegos, sus dioses: Zeus, Poseidón y Hades; y sus diosas: Hera, Atenea y Afrodita; el culto marialioncero: María Lionza, el Negro Felipe y el cacique Guaicaipuro; y así podría seguir... los pilares de la masonería: sabiduría, fuerza y belleza; las virtudes teologales: fe, esperanza y caridad; los Reyes Magos: Melchor, Gaspar y Baltazar; sus regalos: oro, incienso y mirra; las veces que Pedro negó a Jesús; los días en que Jesús resucitó; y seguir... en el átomo: electrones, protones y neutrones; en el tiempo: pasado, presente y futuro; en el cuerpo humano: cabeza, tronco y extremidades; en los colores primarios: amarillo, azul y rojo; las medallas olímpicas: oro, plata y bronce; en los reinos de la naturaleza: animal, vegetal y mineral; en el humano: cuerpo, alma y espíritu; las carabelas de Cristóbal Colón cuando llegó a América: la Pinta, la Niña y la Santa María; en los poderes del Estado: ejecutivo, legislativo y judicial; en la Revolución Francesa: libertad, igualdad, y fraternidad... y el tridente de Poseidón. No me acuerdo por qué les estaba contando del número tres, además de que quizá sean cosas que ya ustedes saben. Así me pasa al hablar, comienzo a decir algo, me desvío, y luego no recuerdo la idea principal. ¡Ah, ya! Es que me dio curiosidad sobre este número, porque tres somos los nietos de las desgracias de esta historia que les estoy narrando.

Entonces, allí estábamos, esperando que saliera el sol en Angkor Wat cuando me contó su desgracia. Los Jemeres Rojos, así se llamaban, y su líder, Pol Pot (nunca lo olvidaré) instauraron un régimen de terror con el objetivo de «ruralizar» los poblados. Queriendo implementar un sistema socialista agrario, evacuaron las ciudades. Pol Pot, a quien solamente me referiré como *el dictador*, ha pasado a la historia como el principal responsable de la muerte de más de UN MILLÓN SETECIENTAS MIL personas. Y sí, lo escribo en mayúscula porque por dentro estoy gritando. Para que tengan una idea: dos millones y medio de habitantes fueron evacuados de Phnom Penh, la capital, inclusive enfermos, en una larga y terrorífica caminata, hacia los campos, donde mantenían largas jornadas de trabajo de 20 horas al día, con un día de descanso cada diez días. Trabajaban sin parar en la única actividad permitida: la agricultura. Las prisiones, para aquellos que desobedecían, estaban en las ciudades abandonadas, y las torturas a las que eran sometidos los prisioneros incluían hasta experimentos médicos «sádicos». En 1975, el genocidio camboyano, en manos de los Jemeres Rojos, dejó cerca de un 33 % de los hombres del país y un 15 % de las mujeres, muertos. Los especialistas dicen que, en términos porcentuales, este ha sido el mayor genocidio de la historia de la humanidad, con uno de cada cuatro camboyanos muertos.

Yo no lloro, técnicamente hablando. Mis ojos no producen lágrimas, entonces puede ser que esté llorando, pero no se nota porque no hay lágrimas que lo confirmen, y ya saben que este mundo es el de *ver para creer*. Ese día, esperando la salida del sol y escuchando aquella historia tan desgarradora, lloré, lloré mucho. Lástima que él no pudo verlo porque, además, tengo fotofobia y siempre llevo lentes oscuros. Por ende, no puede dar testimonio. Pero ese no es el punto ahora. El punto es que hay desgracias que se nos infringen de una manera que no te dejan casi rango de acción; que podemos ser víctimas de atropellos atroces y ser incapaces de hacer mucho ante eso. Hay acciones de otros que nos deshumanizan tanto que se nos olvida quiénes somos; situaciones tan oscuras que se nos imposibilita ver con claridad; ¿cómo mitigas ese sufrimiento? A veces, de alguna manera, encontramos una pequeña rajadura por donde podemos empezar a ver la luz, y esa luz nos da las primeras respuestas. Ana Frank encontró ese pequeño rayito de luz escribiendo en su diario. Se lo conté a él, y también le conté de mi abuelo y del hechizo, y de Amelia y de su familia judía. Ese día, esperando que saliera el sol, después de que un nieto de la desgracia me contara el sufrimiento de su pueblo, después de que de mis ojos salieran lágrimas, ese día nos prometimos, él y yo, escribir, escribir como Ana Frank, y encontrar nuestro pequeño rayito de luz. ¡Bueno! La verdad es que yo iba a escribir en un diario, él iba a componer canciones, canciones de desamor, pero no un desamor como el mío, individualista y egoísta, sino el desamor por la humanidad... Y aquí me encuentro, cumpliendo aquella promesa y esperando poder ver un poco de luz, y esperando que también él lo esté intentando.

Después de Siem Riep, me fui a Laos. Recorrí la mitad del país en autobús, y me asenté, finalmente, en Luang Prabang, una ciudad que, al igual que Ankor, es patrimonio de la humanidad. Y sigo aquí, aquí me quedé más de lo que tenía planeado. Un año. Llevo aquí un año. Un año donde empecé a escribir este diario, donde aprendí a comer con las manos, a bañar a los elefantes, a caminar en el bosque, a meditar a orillas del río Mekong, aquel río que me enseñó a perderle el miedo a las aguas, y a no temerle más a su dios con su tridente y su castillo dorado. Frente a ese río empecé a escribirles a ustedes. Primero empecé por recordar cosas, meditaba para recordar porque, misteriosamente, a muchos eventos de mi vida los había olvidado. Tenía algo así como aquello que los psicólogos llaman *amnesia disociativa*. Esto no me lo diagnosticó una especialista en la materia, fui yo que, tratando de buscarle siempre una explicación a los acontecimientos, lo presumí. Si no lo tenía, era algo parecido, porque no recordaba muchos acontecimientos de mi vida. Entonces, empecé, primero, por recordar estos acontecimientos y, luego, a escribirlos. Poco a poco fui armando lo vivido, tratando de que no se me escaparan detalles y descartando aquello que no era necesario contar, para no aburrirlos tanto.

Anoche soñé con ella, la escuché clarito: «Ven, tu tierra está aquí». Era la reina María Lionza. Me desperté sobresaltado. Era muy temprano. Aproveché para darles comida a los monjes. Es un ritual, el ritual de las almas.

Cada día, a las cinco de la mañana, los monjes recorren las calles de Luang Prabang con una pequeña cesta en la mano donde recogen los alimentos que los lugareños les ofrecen. Es una tradición sagrada de los budistas y todo se hace en silencio. Es algo hermoso. Me levanté y preparé algo de comida para ellos.

Tengo que hacer un paréntesis para contarles algo. Aquí conocí el tofu y el *sticky rice*.

Receta

Arroz Glutinoso (Sticky rice)

__Ingredientes__
Medio kilo de arroz
Medio litro de agua

__Preparación__
Poner el arroz a remojar con agua toda la noche.
Lavar el arroz con abundante agua, hasta que el agua esté clara.
Cocinar el arroz al vapor durante 15 minutos.
Revolver el arroz y seguir cocinando al vapor por otros 15 más.
Colocar el arroz en una bandeja y separarlo para que se vaya el vapor, sin dejar que el arroz se enfríe.
Hacer bolitas de arroz y servir.

Esta receta es muy tradicional y se necesita una vaporera, preferiblemente de bambú, para el arroz. Son muy bonitas, les recomiendo que las compren. En Laos entendí lo que mi abuelo siempre decía de los *gelatos*: que también era bueno irse por las técnicas tradicionales. Mientras cocinaba, escuchaba música tradicional de Laos. Lástima que no puedo escribirles las letras de las canciones. Era música, solo música, no había letras. Ahora se me está ocurriendo que puedo hacer una *playlist* con todas las canciones y hacérselas llegar a ustedes. Esa podría ser una solución para que ustedes también puedan hacer el *sticky rice* mientras escuchan la música tradicional de Laos. ¿Saben qué? Me he dado cuenta, escribiendo este diario, de que a veces yo también puedo ser ingenioso, ¡claro! No tanto como mi amigo Alessio, lo sé, pero también tengo mis momentos.

La ceremonia de las almas me sirvió de mucho. porque todo se hace en silencio. Entonces, no te queda otra que observar y, en el mejor de los casos, contemplar. Muchos años atrás, en aquellos tiempos en que daba consejos en la esquina del Museo de historia de Maracay, conocí a Herman Hesse. Yo estaba sentado y vi un libro que de lejos se notaba lo usado que estaba. Alguien lo había dejado. *Mi credo*. Así se llamaba el libro, y su autor: Herman Hesse. Desde ese entonces, lo llevo siempre conmigo. No fue hasta que fui a Laos que comprendí lo que Hesse decía en *Mi credo* y, miren, para qué voy a utilizar la paráfrasis si tengo el libro conmigo, se los voy a escribir textualmente.

> La mirada de la voluntad es impura y ardiente. El alma de las cosas, la belleza solo se nos revela cuando no codiciamos nada, cuando nuestra mirada es pura contemplación. Si miro un bosque que pretendo comprar, arrendar, talar, usar como coto de caza o gravar con una hipoteca, no es el bosque lo que veo, sino solamente su relación con mi voluntad, con mis planes y preocupaciones con mi bolsillo. En ese caso el bosque es madera, es joven o viejo, está sano o enfermo. Por el contrario, si no quiero nada de él, contemplo su verde espesura con la mente en blanco, y entonces sí que es un bosque, naturaleza y vegetación; y hermoso.[2]

Yo, Héctor de Maracay, miraba la ceremonia de las almas sin ninguna codicia, y todo me parecía hermoso, como

___
2. HESSE, H. "Del Alma" en *Mi credo*, p. 13.
Disponible en: www.holaebook.com/book/hermann-hesse-mi-credo.html

el bosque verde. De repente, tuve un pensamiento, y ese pensamiento me produjo lo mismo que sentí cuando escuché hablar de María Lionza la primera vez: se me puso la piel de gallina. Ahora estoy aquí, escribiéndoles a ustedes, narrándoles los acontecimientos de hoy, y no saben cómo quisiera saber qué piensan. Hoy más que nunca necesito de sus consejos, aunque en el fondo de mi corazón sé la respuesta: creo que debo volver a Venezuela.

MI DIARIO

Día 1 después de empezar a escribir nuevamente

Han pasado seis meses desde la última vez que escribí. Ya no estoy en Luang Prabang, he regresado a Nueva York y, por algún motivo, siento que esta ciudad ya no es mi casa. No sé ni qué decirles.

Día 2 después de empezar a escribir nuevamente

Tuve que leer el diario. Había decidido que no, había decidido escribir sin mirar atrás, pero tuve que hacerlo. ¡Qué sensación! Me di cuenta de muchas cosas, cosas que les conté, que, aunque sucedieron tal cual las escribí, hoy las veo diferente. ¿Qué será de tu vida, Amelia? Hace casi dos años que no sé nada de ella. Ni de ella, ni de su hija, ni de la señora Esmeralda.

Día 3 después de empezar a escribir nuevamente

Pensé que nunca diría esto, pero extraño a mi amigo Alessio, lo extraño desde lo más profundo de mi corazón.

Día 4 después de empezar a escribir nuevamente

Después de Luang Prabang me fui a Venezuela. Nadie lo sabe. Ni mis hermanas, ni Alessio, nadie. Menos mal que estoy usando un nombre encriptado porque, si lo supieran, me matarían. ¡Ya va! Tengo que hacer una pausa. ¡Yo no usé un nombre encriptado para Alessio! ¡Dios! ¿Y ahora? Claro que se va a dar cuenta, claro que va a reconocer la historia. Espero que este diario no llegue nunca a sus manos.

Día 5 después de empezar a escribir nuevamente

Les contaba que fui a Venezuela, llegué directo a Canaima, parque nacional y tierra del pueblo indígena Pemón. ¿Por qué fui a Canaima? No lo sé, pero por coincidencia, al igual que Luang Prabang y Ankor, también es patrimonio de la humanidad. Cuando llegué, me enfermé. Me dolía el cuerpo, me dolían los huesos.

Día 6 después de empezar a escribir nuevamente

Los días siguientes a mi llegada fueron de agonía: cada día aumentaba el dolor en mi cuerpo. Pedí ir con un doctor y me llevaron con el curandero, el sabio. Cuando pregunté por qué le decían sabio, me dieron la respuesta más clara y simple de todas: «Porque sabe».

—¿Desde cuándo no entras en silencio? —me preguntó el curandero Pemón. No entendí. Por favor, no empecemos con los acertijos. ¿No ves que no entiendo cuando me hablan en clave?

Él insistió.

—¿Desde cuándo no te comunicas a través del silencio?

—A ver, señor sabio, ¿me puede explicar mejor?

—Contigo, Héctor, ¿desde cuándo no te comunicas contigo?

—Siempre lo hago, en mis pensamientos.

—No pienses. Comunícate en silencio.

—¡Ah, sí! Aprendí a meditar, ¿es eso? Además, en la ceremonia de las almas pude contemplar, así como decía Herman Hesse en *Mi credo*. ¿Sabe lo que le digo?

—No lo sé —respondió—, pero comunícate contigo, en silencio. Cuando lo hagas, te curarás el dolor de cuerpo.

—Lo he hecho, lo hice mientras les daba arroz a los monjes, y fíjese, señor sabio, igual me duele el cuerpo.

—Entonces, no lo hiciste bien. —Me miró con tanta compasión que, en ese momento, entendí aquella mirada de la señora Esmeralda cuando en la primera entrevista de trabajo me preguntó qué quería de la vida. Me derrumbé. Bajé la guardia y así, como cuando le ofrecí mi alma al dios de los mares, le rogué.

—Enséñeme, señor Sabio, enséñeme a entrar en el silencio.

—Yo no sé enseñar. Ve al Tepui, allí aprenderás.

No fui al Tepui. Me quedé con él, con el sabio, con el que sabe, y con él estuve seis meses. Me enseñó cosas y yo también le enseñé a él. Al final, sí sabía enseñar.

Día 7 después de empezar a escribir nuevamente

Los tepuis son las montañas rocosas más antiguas del planeta. Tienen paredes verticales y cimas casi planas, parecen dibujados para una película de Disney. En lengua pemón, Tepui significa *morada de los dioses*. En Canaima hay muchos Tepuis.

Día 8 después de empezar a escribir nuevamente

Los pueblos indígenas también tienen leyes que los protegen. Las leí todas, todo el marco legal protector, nacional e internacional. Se las enseñé a él. Hay otras leyes, las leyes indígenas, y él me las enseñó a mí.

Día 9 después de empezar a escribir nuevamente

Hay costumbres que no se pierden. Empiezo hablando de una cosa y termino hablando de otra. Me quedé pensando en la confesión que les hice el otro día: extraño a mi amigo.

Día 10 después de empezar a escribir nuevamente

Ustedes se preguntarán qué pasó con Amelia, con el hechizo, con Poseidón. Es mi deber de cuentacuentos terminar la historia y responder estos grandes interrogantes. No sé nada de Amelia y no sé nada de Poseidón. Nunca más supe de ellos.

Día 11 después de empezar a escribir nuevamente

Un día, el sabio me preguntó por qué no había ido aún al Auyantepui. Le pareció raro porque todo el que iba a Canaima quería conocer la caída de agua más alta del mundo. Le conté. Le conté de mi abuelo, del hechizo, del moreno corpudo, del holandés errante, de los filósofos de la sospecha, de María Lionza, hasta de Canserbero y, en especial, de mis problemas con el dios de los mares. Todo, le conté todo. Le dije que había curado mis temores en el río Mekong y que desde hacía mucho no sabía nada de Poseidón, pero que no estaba seguro de haberme curado lo suficiente como para estar frente a la caída de agua más alta del mundo.

—Aquí no está el señor Poseidón.

—¿Cómo sabe?

—Porque aquí no existe nadie con ese nombre.

—Es un dios griego, el dios griego de las aguas.

—¡Ah! Es que esto es Canaima, no hay dioses griegos.

—Pero no importa, es de las aguas en general.

—No de estas, estas aguas son de la madre tierra, aquí no hay Poseidón.

Me monté en una curiara, la canoa que utilizan los indígenas para navegar sus ríos y, acompañado por amigos pemones, estuvimos navegando por cinco horas viendo la majestuosidad de la naturaleza. Tienes razón, señor sabio, esto es de la madre tierra, aquí no hay Poseidón. Ese día decidí que Poseidón desaparecería de mi vida, desaparecería completamente. Al llegar al Auyantepui, presencié la caída de agua más espectacular que mis ojos hubieran visto. El Kerepakupai Vená.

Día 12 después de empezar a escribir nuevamente

No entiendo cómo todavía dicen el «descubrimiento de América», «el descubrimiento del Salto Ángel», ¿qué es eso? Es como que me tropiece con alguien desconocido en la calle, le levante el brazo y grite a todo pulmón: «¡Lo descubrí!», y luego le ponga mi nombre. Imagínenme caminando en la antigüedad y que me tropiece con el Monte Olimpo, ¿se llamaría El Monte Héctor? Qué osada es la gente. ¿Cómo creen ustedes que se puede sentir el pueblo Pemón? Este señor, Jimmy Ángel, apareció de la nada en su avioneta y aterrizó de emergencia en la cima de la montaña. Sí, en la cima del Auyantepui, la montaña de los pemones, la montaña de los espíritus malignos, y que además alberga el Kerepakupai

Vená, el salto de agua más increíble jamás visto. Imagínense. Ahora ya no es más Kerepakupai Vená, ahora es el Salto Ángel, en honor a Jimmy Ángel, su «descubridor». Pero si los pemones estaban allí, viendo ese salto de agua por siglos y siglos, temiéndolo, respetándolo, fueron ellos los descubridores. ¿Los demás? Los demás son unos impostores. ¿Y tú, Colón? ¿Qué te has creído?

Día 13 después de empezar a escribir nuevamente

Venezuela, según muchos historiadores, le debe su nombre a *Venezia*, la ciudad italiana. Se dice que, cuando llegó Alonso de Ojeda, acompañado por Américo Vespucio a las costas venezolanas, llegaron por el Lago de Maracaibo. Allí estaban los indígenas con sus casas de palos de madera sobre el lago, *los palafitos,* le llaman. A Américo Vespucio esto se le asemejó a Venecia. De allí, Alonso de Ojeda toma el nombre de Venezziola, la pequeña Venecia, y así pasa a ser Venezuela.

Pero hay otra historia, una historia que casi nadie cuenta. Esta historia nos dice que el nombre Venezuela proviene de un vocablo indígena. En la obra *Compendio y descripción de las Indias Occidentales*, Antonio Vázquez de Espinoza escribió:

En la lengua natural de aquella tierra, Venezuela quiere decir «agua grande», (eso) por la gran laguna de Maracaibo que tiene en su distrito, como quien dice, la Provincia de la gran Laguna...

Es la historia menos conocida, no por eso la menos documentada. Pero es la otra la que es famosa, la pequeña Venecia. Solo se me ocurre una cosa: eurocentrismo.

Día 14 después de empezar a escribir nuevamente

A Canaima va una fundación. Visitan el Valle de Kamarata al sureste del Auyantepui, donde habitan los pemones kamaracotos. La fundación hace jornadas médico-odontológicas a beneficio de la comunidad del Valle. El líder del grupo es un gran expedicionario, quien ha recorrido el mundo entero. Él me dijo que, cuando la luna estuviera en menguante, diera gracias por todo. El acto del agradecimiento, me dijo, era un ritual.

Día 15 después de empezar a escribir nuevamente

El sabio me contó del pueblo Warao. Ellos viven a las orillas del Delta del Orinoco, y se estima que es el pueblo más antiguo de Venezuela, con más de 9000 años en esas tierras. Me dijo que ellos estaban sufriendo mucho.

Día 16 después de empezar a escribir nuevamente

Ya no quiero seguir en Nueva York. Me tengo que mudar. Conseguí un trabajo en un pequeño restaurante, como asistente del chef. No le importó que no tuviera títulos que avalaran mi comida. Al igual que yo, es un nieto de la desgracia. Es armenio. Lo abracé. Me dijo que no importaba, que el mundo estaba repleto de nietos de las desgracias. Me explicó que el siglo xx había sido uno de los más sanguinarios de la historia de la humanidad. Hasta me mostró las estadísticas. También me enseñó los personajes detrás de las desgracias: puros dictadores. No quiero mostrarles esas estadísticas a ustedes.

Día 17 después de empezar a escribir nuevamente

¿A dónde me voy a mudar? Por lo menos, aquí puedo cocinar y nadie me pregunta nada. No saben que soy abogado, o que algún día lo fui.

Día 18 después de empezar a escribir nuevamente

Hoy estoy libre. Libre para escribir a mi antojo. Nuevamente, leí el diario. Pienso en Amelia. ¿La volveré a ver algún día? Tengo tantas cosas que decirle... ¿Y si le escribo una carta?

Querida Amelia:

He sido un tonto. Fui muy tonto ese día que te vi por primera vez. La verdad es que yo venía de aquella ciudad tan pequeña, tan modesta, pero al mismo tiempo tan alegre, que me impresionó tu impecabilidad y seriedad, y en vez de reconocer mi asombro ante lo nuevo, me hice toda una idea a lo Stephen Hawking y sus hoyos negros. Fui un tonto al no invitarte nunca a un café al menos después de la oficina y, en vez de reconocer mi timidez, me excusé imaginándome que un hechizo me había dejado mudo. Yo tampoco me esforcé mucho por entenderte. Pero ¿cómo te iba a entender si yo mismo no me entendía? ¿Cómo conocerte realmente si yo mismo no me conocía? En todo este tiempo he extrañado también a Solángel. Fui un tonto por no haber recogido aquel anillo y, mirándote a los ojos, ponértelo de nuevo. Fui muy tonto por andar buscando explicaciones afuera, en libros, en ritos, en otros, y la verdad es que no sabía buscar respuestas dentro de mí. Fui un tonto al no valorar tu amor, y lo único que tenía que entender es que el amor es distinto para cada persona, así como su manera de expresarlo. En este tiempo que no te he visto, me senté a las orillas del río Mekong y, allí sentado, aprendí a no temerle a hechizo alguno. Vi a los monjes budistas y, viéndolos, aprendí a contemplar más y observar menos. Si en algún momento vuelvo a verte, te voy a contemplar mucho. Pero ahora estoy bien, Amelia, he aprendido a vivir conmigo.

El camino no elegido
Robert Frost

El camino no elegido
Robert Frost

Dos caminos se bifurcaban en un bosque amarillo
y, apenado por no poder tomar los dos,
siendo un viajero solo, largo tiempo estuve de pie,
mirando uno de ellos tan lejos como pude,
hasta donde se perdía en la espesura.
Entonces, tomé el otro, imparcialmente,
y, habiendo tenido quizás la elección acertada,
pues era tupido y requería uso;
aunque en cuanto a lo que vi allí,
hubiera elegido cualquiera de los dos.
Y ambos esa mañana yacían igualmente.
¡Oh, había guardado aquel primero para otro día!
Aun sabiendo el modo en que las cosas siguen adelante,
dudé si debía haber regresado sobre mis pasos.
Debo estar diciendo esto con un suspiro
de aquí a la eternidad:
dos caminos se bifurcaban en un bosque y yo,
yo tomé el menos transitado,
y eso hizo toda la diferencia.

ACLARATORIA
Me disculpo por no utilizar
un lenguaje más inclusivo,
pero como verán, Héctor
no estaba preparado.
@
X
e